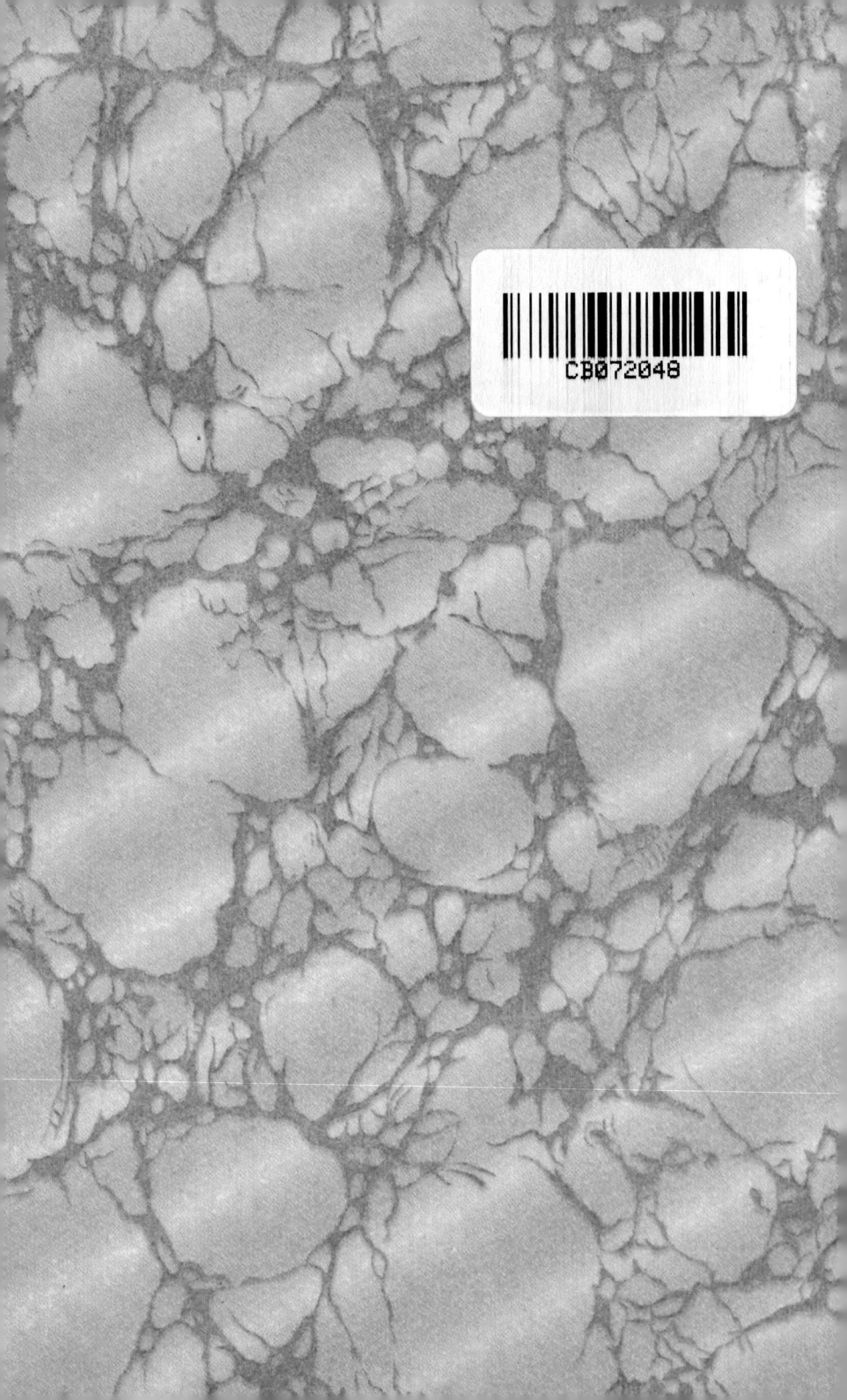

EDIÇÃO FAC-SIMILADA DA OBRA DE
ANTÓNIO DE ALCÂNTARA MACHADO

1. PATHÉ-BABY
2. BRÁS, BEXIGA E BARRA FUNDA (1927)
3. LARANJA DA CHINA (1928)

BRÁS, BEXIGA
E
BARRA FUNDA

EDIÇÃO FAC-SIMILADA DA OBRA
ANTÓNIO DE ALCÂNTARA MACHADO

2.

*Edição Fac-Similar
Comemorativa dos 80 anos
da Semana de Arte Moderna
(1922-2002)*

Capa
CLÁUDIO MARTINS

LIVRARIA GARNIER
BELO HORIZONTE
Rua São Geraldo, 53 — Floresta — Cep. 30150-070
Tel.: 3212-4600 — Fax: 3224-5151
RIO DE JANEIRO
Rua Benjamin Constant, 118 — Glória — Cep.: 20241150
Tel.: 3252-8327

ANTÓNIO DE ALCÂNTARA MACHADO

BRÁS, BEXIGA E BARRA FUNDA
NOTÍCIAS DE SÃO PAULO

LIVRARIA GARNIER

| 118, Rua Benjamin Constant, 118 | 53, Rua São Geraldo, 53 |
| Rio de Janeiro | Belo Horizonte |

2002

Direitos de Propriedade Literária adquiridos pela
LIVRARIA GARNIER
Belo Horizonte - Rio de Janeiro

Impresso no Brasil
Printed in Brazil

BRÁS BEXIGA E BARRA FUNDA

NOTÍCIAS DE SÃO PAULO

POR ANTÓNIO DE ALCÂNTARA MACHADO

BRÁS - BEXIGA - E - BARRA FUNDA

DO MESMO AUTOR:

PATHÉ-BABY (1926)

EM PREPARAÇÃO:

CAVAQUINHO (solos)
LARANJA DA CHINA (contos)
CAPITÃO BERNINI (romance)

BRÁS BEXIGA E BARRA FUNDA

NOTÍCIAS DE SÃO PAULO

POR

ANTÓNIO DE ALCÂNTARA MACHADO

1927

À
MEMÓRIA
DE
LEMMO LEMMI
(VOLTOLINO)
E
AO TRIUNFO DOS NOVOS MAMALUCOS
ALFREDO MÁRIO GUASTINI
VICENTE RÁO — ANTÓNIO AUGUSTO COVELLO
PAULO MENOTTI DEL PICCHIA
NICOLAU NASO — FLAMÍNIO FAVERO
VICTOR BRECHERET — ANITA MALFATTI — MÁRIO GRACIOTTI
CONDE FRANCISCO MATARAZZO JUNIOR
FRANCISCO PATI — SUD MENUCCI — FRANCISCO MIGNONE
MENOTTI SAINATTI — HERIBALDO SICILIANO
TERESA DI MARZO — BIANCO SPARTACO GAMBINI
ÍTALO HUGO

SAN VINCENZO E L'VLTIMA COLONIA DE' PORTOGHESI: E PERCHE È IN VN PAESE LONTANISSIMO, VI SI SOGLIONO CONDENNARE QUEI, CHE IN PORTOGALLO HANNO MERITATO LA GALERA, Ò COSE TALI.

Giovanni Botero. Le relationi vniversali. In Brescia. 1595.

ESTA E' A PÁTRIA DOS NOSSOS DESCENDENTES.

Conde Francisco Matarazzo. Discurso de saudação ao dr. Washington Luis. S. Paulo. 1926.

ARTIGO DE FUNDO

BRÁS — BEXIGA — E — BARRA FUNDA

Assim como quem nasce homem de bem deve ter a fronte altiva quem nasce jornal deve ter artigo de fundo. A fachada explica o resto.
 Êste livro não nasceu livro: nasceu jornal. Êstes contos não nasceram contos: nasceram notícias. E êste prefácio portanto tambêm não nasceu prefácio: nasceu artigo de fundo.

BRÁS, BEXIGA E BARRA FUNDA é o órgão dos ítalo-brasileiros de São Paulo.

ANTÓNIO DE ALCÂNTARA MACHADO

Durante muito tempo a nacionalidade viveu da mescla de três raças que os poetas xingaram de tristes: as três raças tristes.

A primeira as caravelas descobridoras encontraram aqui comendo gente e desdenhosa de **mostrar suas vergonhas**. A segunda veiu nas caravelas. Logo os machos sacudidos desta se enamoraram das moças **bem gentis** daquela que tinham cabelos **mui pretos, compridos pelas espadoas**.

E nasceram os primeiros mamalucos.

A terceira veiu nos porões dos navios negreiros trabalhar o solo e servir a gente. Trazendo outras moças gentis, mucamas, mucambas, mumbandas, macumas.

E nasceram os segundos mamalucos.

E os mamalucos das duas fornadas deram o empurrão inicial no Brasil. O colosso começou a rolar.

Então os transatlânticos trouxeram da Europa outras raças aventureiras. Entre

BRÁS — BEXIGA — E — BARRA FUNDA

elas uma alegre que pisou na terra paulista cantando e na terra brotou e se alastrou como aquela planta tambêm imigrante que há duzentos anos veiu fundar a riqueza brasileira. Do consórcio da gente imigrante com o ambiente, do consórcio da gente imigrante com a indígena nasceram os novos mamalucos.
Nasceram os intalianinhos.
O Gaetaninho.
A Carmela.
Brasileiros e paulistas. Até bandeirantes.
E o colosso continuou rolando.

No começo a arrogância indígena perguntou meio zangada:

**Carcamano pé de chumbo
Calcanhar de frigideira
Quem te deu a confiança
De casar com brasileira?**

O pé de chumbo poderia responder tirando o cachimbo da bôca e cuspindo de lado: A brasileira, per Bacco!
Mas não disse nada. Adaptou-se. Trabalhou. Integrou-se. Prosperou. E o negro violeiro cantou assim:

**Italiano grita
Brasileiro fala
Viva o Brasil
E a bandeira da Itália!**

BRÁS, BEXIGA E BARRA FUNDA como membro da livre imprensa que é tenta fixar tão sómente alguns aspectos da vida trabalhadeira, íntima e quotidiana desses novos mestiços nacionais e nacionalistas. E' um jornal. Mais nada. Noticia. Só. Não tem partido nem ideal. Não comenta. Não discute. Não aprofunda.
Principalmente não aprofunda. Em suas

BRÁS — BEXIGA — E — BARRA FUNDA

colunas não se encontra uma única linha de doutrina. Tudo são factos diversos. Acontecimentos de crónica urbana. Episódios de rua. O aspecto étnico-social dessa novíssima raça de gigantes encontrará amanhã o seu historiador. E será então analisado e pesado num livro. **BRÁS, BEXIGA E BARRA FUNDA** não é um livro.

Inscrevendo em sua coluna de honra os nomes de alguns ítalo-brasileiros ilustres êste jornal rende uma homenagem á força e ás virtudes da nova fornada mamaluca. São nomes de literatos, jornalistas, cientistas, políticos, esportistas, artistas e industriais. Todos êles figuram entre os que impulsionam e nobilitam nêste momento a vida espiritual e material de São Paulo.

BRÁS, BEXIGA E BARRA FUNDA não é uma sátira.

A REDACÇÃO

GAETANINHO

BRÁS — BEXIGA — E — BARRA FUNDA

— Chi, Gaetaninho, como é bom!
Gaetaninho ficou banzando bem no meio da rua. O Ford quási o derrubou e êle não viu o Ford. O carroceiro disse um palavrão e êle não ouviu o palavrão.
— Eh! Gaetaninho! Vem pra dentro.
Grito materno sim: até filho surdo escuta. Virou o rosto tão feio de sardento, viu a mãe e viu o chinelo.
— Subito!
Foi-se chegando devagarinho, devagarinho. Fazendo beicinho. Estudando o terreno. Deante da mãe e do chinelo parou. Balançou o corpo. Recurso de campeão de futebol. Fingiu tomar a direita. Mas deu meia

volta instantânea e varou pela esquerda porta a dentro.
Eta salame de mestre!

Ali na rua Oriente a ralé quando muito andava de bonde. De automóvel ou carro só mesmo em dia de entêrro. De entêrro ou de casamento. Por isso mesmo o sonho de Gaetaninho era de realização muito difícil. Um sonho.
O Beppino por exemplo. O Beppino naquela tarde atravessara de carro a cidade. Mas como? Atrás da tia Peronetta que se mudava para o Araçá. Assim tambêm não era vantagem.
Mas se era o único meio? Paciência.

Gaetaninho enfiou a cabeça em baixo do travesseiro.

BRÁS — BEXIGA — E — BARRA FUNDA

Que beleza, rapaz! Na frente quatro cavalos pretos empenachados levavam a tia Filomena para o cemitério. Depois o padre. Depois o Savério noivo dela de lenço nos olhos. Depois êle. Na boleia do carro. Ao lado do cocheiro. Com a roupa marinheira e o gorro branco onde se lia: **Encouraçado São Paulo**. Não. Ficava mais bonito de roupa marinheira mas com a palhetinha nova que o irmão lhe trouxera da fábrica. E ligas pretas segurando as meias. Que beleza, rapaz! Dentro do carro o pai, os dois irmãos mais velhos (um de gravata vermelha, outro de gravata verde) e o padrinho seu Salomone. Muita gente nas calçadas, nas portas e nas janelas dos palacetes, vendo o entêrro. Sobretudo admirando o Gaetaninho.

Mas Gaetaninho ainda não estava satisfeito. Queria ir carregando o chicote. O desgraçado do cocheiro não queria deixar. Nem por um instantinho só.

Gaetaninho ia berrar mas a tia Filomena com a mania de cantar o **Ahi, Mari!** todas as manhãs o acordou.

ANTÓNIO DE ALCÂNTARA MACHADO

Primeiro ficou desapontado. Depois quási chorou de ódio.

Tia Filomena teve um ataque de nervos quando soube do sonho de Gaetaninho. Tão forte que êle sentiu remorsos. E para sossêgo da família alarmada com o agouro tratou logo de substituir a tia por outra pessoa numa nova versão de seu sonho. Matutou, matutou e escolheu o acendedor da Companhia de Gás, seu Rubino, que uma vez lhe deu um cocre danado de doído.

Os irmãos (êsses) quando souberam da história resolveram arriscar de sociedade quinhentão no elefante. Deu a vaca. E êles ficaram loucos de raiva por não haverem logo adivinhado que não podia deixar de dar a vaca mesmo.

O jôgo na calçada parecia de vida ou morte. Muito embora Gaetaninho não estava ligando.
— Você conhecia o pai do Afonso, Beppino?
— Meu pai deu uma vez na cara dêle.
— Então você não vai amanhã no enterro. Eu vou!
O Vicente protestou indignado:
— Assim não jogo mais! O Gaetaninho está atrapalhando!
Gaetaninho voltou para o seu posto de guardião. Tão cheio de responsabilidades.
O Nino veiu correndo com a bolinha de meia. Chegou bem perto. Com o tronco arqueado, as pernas dobradas, os braços estendidos, as mãos abertas, Gaetaninho ficou pronto para a defesa.
— Passa pro Beppino!
Beppino deu dois passos e meteu o pé na bola. Com todo o muque. Ela cobriu o guardião sardento e foi parar no meio da rua.

— Vá dar tiro no inferno!
— Cala a bôca, palestrino!
— Traga a bola!
Gaetaninho saiu correndo. Antes de alcançar a bola um bonde o pegou. Pegou e matou.
No bonde vinha o pai do Gaetaninho.

A gurisada assustada espalhou a notícia na noite.
— Sabe o Gaetaninho?
— Que é que tem?
— Amassou o bonde!
A vizinhança limpou com benzina suas roupas domingueiras.

Ás dezeseis horas do dia seguinte saiu um entêrro da rua do Oriente e Gaetaninho

BRÁS — BEXIGA — E — BARRA FUNDA

não ia na boleia de nenhum dos carros do acompanhamento. Ia no da frente dentro de um caixão fechado com flores pobres por cima. Vestia a roupa marinheira, tinha as ligas, mas não levava a palhetinha.

Quem na boleia de um dos carros do cortejo mirim exibia soberbo terno vermelho que feria a vista da gente era o Beppino.

CARMELA

BRÁS — BEXIGA — E — BARRA FUNDA

Dezoito horas e meia. Nem mais um minuto porque a madama respeita as horas de trabalho. Carmela sai da oficina. Bianca vem ao seu lado.

A rua barão de Itapetininga é um depósito sarapintado de automóveis gritadores. As casas de modas (AO CHIC PARISIENSE, SÃO PAULO - PARIS, PARIS ELEGANTE) despejam nas calçadas as costureirinhas que riem, falam alto, balançam os quadris como gangorras.

— Espia se êle está na esquina.

— Não está.

— Então está na praça da República. Aqui tem muita gente mesmo.

— Que fiteiro!
O vestido de Carmela coladinho no corpo é de organdi verde. Braços nús, colo nú, joelhos de fora. Sapatinhos verdes. Bago de uva Marengo maduro para os lábios dos amadores.
— Ai que rico corpinho!
— Não se enxerga, seu cafageste? Português sem educação!
Abre a bolsa e espreita o espelhinho quebrado que reflete a boca reluzente de carmim primeiro, depois o nariz chumbeva, depois os fiapos de sobrancelha, por último as bolas de metal branco na ponta das orelhas descobertas.
Bianca por ser estrábica e feia é a sentinela da companheira.
— Olha o automóvel do outro dia.
— O caixa d'óculos?
— Com uma bruta luva vermelha.
O caixa d'óculos pára o Buick de propósito na esquina da praça.
— Pode passar.
— Muito obrigada.

BRÁS — BEXIGA — E — BARRA FUNDA

Passa na pontinha dos pés. Cabeça baixa. Toda nervosa.
— Não vira para trás, Bianca. Escandalosa!

Deante de Álvares de Azevedo (ou Fagundes Varela) o Angelo Cuoco de sapatos vermelhos de ponta afilada, meias brancas, gravatinha dêste tamanhinho, chapéu á Rodolfo Valentino, paletó de um botão só, espera há muito com os olhos escangalhados de inspeccionar a rua barão de Itapetininga.
— O Angelo!
— Dê o fora.
Bianca retarda o passo. Carmela continua no mesmo. Como se não houvesse nada. E o Angelo junta-se a ela. Tambêm como se não houvesse nada. Só que sorri.
— Já acabou o romance?
— A madama não deixa a gente ler na oficina.

— E'? Sei. Amanhã tem baile na Sociedade.
— Que bruta novidade, Angelo! Tem todo domingo. Não segura no braço!
— Enjoada!
Na rua do Arouche o Buick de novo. Passa. Repassa. Torna a passar.
— Quem é aquêle cara?
— Como é que eu hei de saber?
— Você dá confiança para qualquer um. Nunca vi, puxa! Não olha pra êle que eu armo já uma encrenca!

Bianca roe as unhas. Vinte metros atrás. Os freios do Buick guincham nas rodas e os pneumáticos deslisam rente á calçada. E estacam.
— Boa tarde, belezinha...
— Quem? Eu?
— Porque não? Você mesma...
Bianca roe as unhas com apetite.

— Diga uma cousa. Onde mora a sua companheira?
— Ao lado de minha casa.
— Onde é sua casa?
— Não é de sua conta.
O caixa d'óculos não se zanga. Nem se atrapalha. E' um traquejado.
— Responda direitinho. Não faça assim. Diga onde mora.
— Na rua Lopes de Oliveira. Numa vila. Vila Margarida n. 4. Carmela mora com a família dela no 5.
— Ah! Chama-se Carmela... Lindo nome. Você é capaz de lhe dar um recado?
Bianca roe as unhas.
— Diga a ela que eu a espero amanhã de noite, ás oito horas, na rua... não.. atrás da igreja de Santa Cecília. Mas que ela vá sozinha, hein? Sem você. O barbeirinho tambêm pode ficar em casa.
— Barbeirinho nada! Entregador da Casa Clark!
— E' a mesma cousa. Não se esqueça do recado. Amanhã, ás oito horas, atrás da igreja.

— Vá saindo que pode vir gente conhecida.

Tambêm o grilo já havia apitado.

— Êle falou com você. Pensa que eu não vi? O Angelo tambêm viu. Ficou danado.
— Que me importa? O caixa d'óculos disse que espera você amanhã de noite, ás oito horas, no largo Santa Cecília. Atrás da igreja.
— Que é que êle pensa? Eu não sou dessas. Eu não!
— Que fita, Nossa Senhora! Êle gosta de você, sua boba.
— Êle disse?
— Gosta pra burro.
— Não vou na onda.
— Que fingida que você é!
— Ciao.
— Ciao.

BRÁS — BEXIGA — E — BARRA FUNDA

Antes de se estender ao lado da irmãzinha na cama de ferro Carmela abre o romance á luz da lâmpada de 16 velas: **Joana a desgraçada ou A odisseia de uma virgem**, fascículo 2.º.

Percorre logo as gravuras. Umas teteias. A da capa então é linda mesmo. No fundo o imponente castelo. No primeiro plano a íngreme ladeira que conduz as castelo. Descendo a ladeira numa disparada louca o fogoso ginete. Montado no ginete o apaixonado caçula do castelão inimigo de capacete prateado com plumas brancas. E atravessada no cachaço do ginete a formosa donzela desmaiada entregando ao vento os cabelos cor de carambola.

Quando Carmela reparando bem começa a verificar que o castelo não é mais um castelo mas uma igreja o tripeiro Giuseppe Santini berra no corredor:

ANTÓNIO DE ALCÂNTARA MACHADO

— Spegni la luce! Subito! Mi vuole proprio rovinare questa principessa! E — ráatá! — uma cusparada daquelas.

— Eu só vou até a esquina da alameda Glette. Já vou avisando.
— Trouxa. Que tem?

No largo Santa Cecília atrás da igreja o caixa d'óculos sem tirar as mãos do volante insiste pela segunda vez:
— Uma voltinha de cinco minutos só... Ninguêm nos verá. Você verá. Não seja má. Suba aqui.
Carmela olha primeiro a ponta do sapato esquerdo, depois a do direito, depois a do esquerdo de novo, depois a do direito outra

vez, levantando e descendo a cinta. Bianca roe as unhas.
— Só com a Bianca...
— Não. Para quê? Venha você sózinha.
— Sem a Bianca não vou.
— Está bem. Não vale a pena brigar por isso. Você vem aqui na frente comigo. A Bianca senta atrás.
— Mas cinco minutos só. O senhor falou...
— Não precisa me chamar de senhor. Entrem depressa.
Depressa o Buick sobe a rua Veridiana. Só pára no Jardim América.

Bianca no domingo seguinte encontra Carmela raspando a penugenzinha que lhe une as sobrancelhas com a navalha denticulada do tripeiro Giuseppe Santini.
— Chi, quanta cousa pra ficar bonita!

— Ah! Bianca, eu quero dizer uma cousa pra você.
— Que é?
— Você hoje não vai com a gente no automóvel. Foi êle que disse.
— Pirata!
— Pirata porque? Você está ficando boba, Bianca.
— E'. Eu sei porque. Piratão. E você, Carmela, sim senhora! Por isso é que o Angelo me disse que você está ficando mesmo uma vaca.
— Êle disse assim? Eu quebro a cara dêle, hein? Não me conhece.
— Pode ser, não é? Mas namorado de máquina não dá certo mesmo.

Saem á rua suja de negras e cascas de amendoim. No degrau de cimento ao lado da mulher Giuseppe Santini torcendo a belezi-

nha do queixo cospe e cachimba, cachimba e cospe.
— Vamos dar uma volta até a rua das Palmeiras, Bianca?
— Andiamos.

Depois que os seus olhos cheios de estrabismo e despeito veem a lanterninha trazeira do Buick desaparecer Bianca resolve dar um giro pelo bairro. Imaginando cousas. Roendo as unhas. Nervosíssima.
Logo encontra a Ernestina. Conta tudo á Ernestina.
— E o Angelo, Bianca?
— O Angelo? O Angelo é outra cousa. E' pra casar.
— Ahn!...

TIRO DE GUERRA Nº 35

BRÁS — BEXIGA — E — BARRA FUNDA

No Grupo Escolar da Barra Funda Aristodemo Guggiani aprendeu em três anos a roubar com perfeição no jôgo de bolinhas (garantindo o tostão para o sorvete) e ficou sabendo na ponta da língua que o Brasil foi descoberto sem querer e é o país maior, mais belo e mais rico do mundo. O professor seu Serafim todos os dias ao encerrar as aulas limpava os ouvidos com o canivete (brinde do Chalé da Boa Sorte) e dizia olhando o relógio:

— Antes de nos separarmos, meus jovens discentes, meditemos uns instantes no porvir da nossa idolatrada pátria.

Depois regia o hino nacional. Em seguida o da bandeira. O pessoal entoava os dois engulindo metade das estrofes. Aristodemo era a melhor voz da classe. Berrando puxava o côro. A campainha tocava. E o pessoal desembestava pela rua Albuquerque Lins vaiando seu Serafim.

Saiu do Grupo e foi para a oficina mecânica do cunhado. Fumando **Bemtevi** e cantando a **Caraboo**. Mas sobretudo com muita malandrice. Entrou para o Juvenil Flor de Prata F. C. (fundado para matar o Juvenil Flor de Ouro F. C.). Reserva do primeiro quadro. Foi expulso por falta de pagamento. Esperou na esquina o tesoureiro. O tesoureiro não apareceu. Estreou as calças compridas no casamento da irmã mais moça (sem contar a Joaninha). Amou a Josefina. Apanhou do primo da Josefina. Jurou vingança. Ajudou a empastelar o **Fanfulla** que falou mal do Brasil. Teve ambições. Por exemplo:

artista do Circo Queirolo. Quási morreu afogado no Tietê.

E fez vinte anos no dia chuvoso em que a Tina (namorada do Linguiça) casou com um chôfer de praça na polícia.

Então brigou com o cunhado. E passou a ser cobrador da Companhia Auto-Viação Gabrielle d'Annunzio. De farda amarela e polainas vermelhas.
Sua linha: Praça do Patriarcha-Lapa. Arranjou logo uma pequena. No fim da rua das Palmeiras. Ela vinha á janela ver o Aristodemo passar. O Evaristo era quem avisava por camaradagem tocando o cláxon do ónibus verde. Aristodemo ficava olhando para trás até o largo das Perdizes.
E não queria mesmo outra vida.

ANTÓNIO DE ALCÂNTARA MACHADO

Um dia porêm na secção **Colaboração das leitoras** publicou **A Cigarra** as seguintes linhas de Mlle. Miosotis sob o título de **Indiscreções da rua das Palmeiras:**
Porque será que o jovem A. G. não é mais visto todos os dias entre vinte e vinte e uma horas da noite no portão da casa da linda senhorinha F. R. em doce colóquio de amor? A formosa Julieta anda inconsolável! Não seja assim tão mauzinho, seu A. G.! Olhe que a ingratidão mata...

Fosse Mlle. Miosotis (no mundo Benedita Guimarães, aluna mulata da Escola Complementar Caetano de Campos) indagar do paradeiro de Aristodemo entre os jovens defensores da pátria.

E saberia então que Aristodemo Guggiani para se livrar do sorteio ostentava agora a farda nobilitante de soldado do Tiro de Guerra n. 35.

BRÁS — BEXIGA — E — BARRA FUNDA

— Companhia! Per...filar!
No largo Municipal o pessoal evoluia entre as cadeiras do bar e as costas protofônicas de Carlos Gomes para divertimento dos desocupados parados aos montinhos aqui, ali, á direita, á esquerda, lá, atrapalhando.
— Meia volta! Vol...ver!
O sargento cearense clarinava as ordens de comando. Puxando pela rapaziada.
— Não está bom não! Vamos repetir isso sem avexame!
De novo não prestou.
— Firme!
Pareciam estacas.
— Meia volta!
Tremeram.
— Vol...ver!
Volveram.
— Abém!
Aristodemo era o base da segunda esquadra.

ANTÓNIO DE ALCÂNTARA MACHADO

Sargento Aristóteles Camarão de Medeiros, natural de São Pedro do Cariri, quando falava em honra da farda, deveres do soldado e grandeza da pátria arrebatava qualquer um.
Aristodemo só de ouvi-lo ficou brasileiro jacobino. Aristóteles escolheu-o para seu ajudante de ordens. Uma espécie de.
— Você conhece o hino nacional, criatura?
— Puxa se conheço, seu sargento!
— Então você não esquece não? Traz amanhã umas cópias dêle para o pessoal ensaiar para o sete de setembro? Abóm.

Aristodemo deu folga no serviço. Tambêm levou um colosso de cópias.
E o primeiro ensaio foi logo á noite.

Ou-viram do I-piranga as margens plá-cidas...

BRÁS — BEXIGA — E — BARRA FUNDA

— Parem que assim não presta não! Falta patriotismo. Vocês nem parecem brasileiros. Vamos!

**Ou-viram do I-piranga as margens plá-cidas
Da Inde-pendência o brado re-tumbante!**

— Não é assim não. Retumbante tem que estalar, criaturas, tem que retumbar! E' palavra... como é que se diz mesmo?... é palavra... ah!... onomatopaica: RETUMBANTE!
E o hino rolou ribombando:

**... da Inde-pendência o brado re-TUMBANte!
E o sol da li-berdade em raios ful...**

De repente um barulho na segunda esquadra.
— Que isbregue é êsse aí, criaturas?
Isbregue danado. O alemãozinho levou um tabefe de estilo. Onde entrou todo o muque de que poude dispor na hora o Aristodemo.

53

— Está suspenso o ensaio. Podem debandar.

— Eu dei mesmo na cara dêle, seu sargento. Por Deus do céu! Um bruto tapa mesmo. O desgraçado estava escachando com o hino do Brasil!
— Que é que você está me dizendo, Aristodemo?
— Escachando, seu sargento. Pode perguntar para qualquer um da esquadra. Em vez de cantar êle dava risada da gente. Eu fui me deixando ficar com raiva e disse pra êle que êle tinha obrigação de cantar junto com a gente tambêm. Êle foi e respondeu que não cantava porque não era brasileiro. Eu fui e disse que se êle não era brasileiro é porque então era... um... eu chamei êle de... eu ofendi a mãe dêle, seu sargento! Ofendi mesmo. Por Deus do céu. Então êle disse que a mãe dêle não era brasileira para

êle ser... o que eu disse. Então eu fui, seu sargento, achei que era demais e estraguei com a cara do desgraçado! Ali na hora.

— Vou ouvir as testemunhas do facto, Aristodemo. Depois procederei como for de justiça. **Fiat justitia** como diziam os antigos romanos. Confie nela, Aristodemo.

"ORDEM DO DIA

De conformidade com o ordenado pelo exmo. snr. dr. presidente dêste Tiro de Guerra e depois de ouvir seis testemunhas oculares e auditivas acerca do deploravel facto ontem acontecido nesta sede do qual resultou levar uma lapada na face direita o inscrito Guilherme Schwertz, n. 81, communico que fica o citado inscrito Guilherme Schwertz, n. 81, desligado das fileiras do exército, digo, dêste Tiro de Guerra visto ter-se mostrado indígno de ostentar a farda gloriosa de soldado nacional pelas injúrias infamérrimas que ousou levantar contra a honra imaculada da mulher brasileira e principalmente da Mãe, acrescendo que cometeu semelhante acto delituoso contra a honra nacional no momento sagrado em que se cantava nesta sede o nosso imortal hino nacional. Comunico tambêm que por necessidade de disciplina, que é o alicerce em que se firma toda corporação militar, o inscrito Aristodemo Guggiani, n. 117, único responsável pela lapada acima referida acompanhada de equimoses graves, fica suspenso por um dia a partir desta data. **Dura lex sed lex**. Aproveito porêm no entretanto a feliz oportunidade para apontar como exemplo o supra citado inscrito Aristodemo Guggiani, n. 117, que deve ser seguido sob o ponto de vista do patriotismo embora com menos violência apesar da limpeza, digo, da limpidez das intenções.

Aproveito ainda a oportunidade para declarar que fica expressamente proibido no páteo desta sede o jôgo de futebol. Aqui só devemos cuidar da defesa da Pátria!

São Paulo, 23 de agosto de 1926.

(a) Sargento instructor Aristóteles Camarão de Medeiros."

BRÁS — BEXIGA — E — BARRA FUNDA

Aristodemo Guggiani logo depois apresentou sua demissão do cargo de cobrador da Companhia Auto-Viação Gabrielle d'Annunzio. Sob aplausos e a conselho do sargento Aristóteles Camarão de Medeiros. Trabalha agora na Sociedade de Transportes Rui Barbosa, Ltda.
Na mesma linha: Praça do Patriarca-Lapa.

AMOR
E
SANGUE

BRÁS — BEXIGA — E — BARRA FUNDA

Sua impressão: a rua é que andava não êle. Passou entre o verdureiro de grandes bigodes e a mulher de cabelo despenteado.
— Vá roubar no inferno, seu Corrado! Vá sofrer no inferno, seu Nicolino! Foi o que êle ouviu de si mesmo.
— Pronto! Fica por quatrocentão.
— Mas é tomate podre, seu Corrado!
Ia indo na manhã. A professora pública estranhou aquêle ar tão triste. As bananas na porta da **QUITANDA TRIPOLI ITALIANA** eram de ouro por causa do sol. O Ford derrapou, maxixou, continuou bamboleando. E as chaminés das fábricas apitavam na rua brigadeiro Machado.

Não adiantava nada que o céu estivesse azul porque a alma de Nicolino estava negra.

— Ei, Nicolino! NICOLINO!
— Que é?
— Você está ficando surdo, rapaz! A Grazia passou agorinha mesmo.
— Des-gra-ça-da!
— Deixa de fita. Você joga amanhã contra o Esmeralda?
— Não sei ainda.
— Não sabe? Deixa de fita, rapaz! Você...
— Ciao.
— Veja lá, hein! Não vá tirar o corpo na hora. Você é a garantia da defesa.

A desgraçada já havia passado.

BRÁS — BEXIGA — E — BARRA FUNDA

AO BARBEIRO SUBMARINO. BARBA:
300 réis. CABELO: 600 réis. SERVIÇO GA-
RANTIDO.
— Bom dia!
Nicolino Fior d'Amore nem deu resposta. Foi entrando, tirando o paletó, enfiando outro branco, se sentando no fundo á espera dos freguezes. Sem dar confiança. Tambêm seu Salvador nem ligou.
A navalha ia e vinha no couro esticado.
— São Paulo corre hoje! E' o cem contos!
O Temistocles da Prefeitura entrou sem colarinho.
— Vamos ver essa barba muito bem feita! Ai, ai! Calor pra burro. Você leu no **Estado** o crime de ontem, Salvador? Banditismo indecente.
— Mas parece que o moço tinha razão de matar a moça.
— Qual tinha razão nada, seu! Bandido! Drama de amor cousa nenhuma. E amanhã está solto. Privação de sentidos. Juri indecente, meu Deus do céu! Salvador, Salva-

dor... — cuidado aí que tem uma espinha —
... êste país está perdido!
— Todos dizem. Nicolino fingia que não estava escutando. E assobiava a **Scugnizza**.

As fábricas apitavam. Quando Grazia deu com êle na calçada abaixou a cabeça e atravessou a rua.
— Espera aí, sua fingida.
— Não quero mais falar com você.
— Não faça mais assim pra mim, Grazia. Deixa que eu vá com você. Estou ficando louco, Grazia. Escuta. Olha, Grazia! Grazia! Se você não falar mais comigo eu me mato mesmo. Escuta. Fala alguma cousa por favor.
— Me deixa! Pensa que eu sou aquela fedida da rua Cruz Branca?
— O que?
— E' isso mesmo.

E foi almoçar correndo.
Nicolino apertou o fura-bolos entre os dentes.

As fábricas apitavam.
Grazia ria com a Rosa.
— Meu irmão foi e deu uma bruta surra na cara dêle.
— Bem feito! Você é uma danada, Rosa. Chi!...
Nicolino deu um pulo monstro.
— Você não quer mesmo mais falar comigo, sua desgraçada?
— Desista!
— Mas você me paga, sua desgraçada!
— NÃ-Ã-O!
A punhalada derrubou-a.
— Pega! PEGA! PEGA!

— Eu matei ela porque estava louco, seu delegado!

Todos os jornais registraram essa frase que foi dita chorando.

> Eu estava louco,
> Seu delegado!
> Matei por isso,
> Sou um desgraçado!

BIS

O estribilho do **ASSASSINO POR AMOR** (Canção da actualidade para ser cantada com a música do "FUBÁ", letra de Spartaco Novais Panini) causou furor na zona.

A
SOCIEDADE

BRÁS — BEXIGA — E — BARRA FUNDA

— Filha minha não casa com filho de carcamano! A esposa do conselheiro José Bonifácio de Matos e Arruda disse isso e foi brigar com o italiano das batatas. Teresa Rita misturou lágrimas com gemidos e entrou no seu quarto batendo a porta. O conselheiro José Bonifácio limpou as unhas com o palito, suspirou e saiu de casa abotoando o fraque.

O esperado grito do cláxon fechou o livro de Henri Ardel e trouxe Teresa Rita do escritório para o terraço.

O Lancia passou como quem não quer. Quási parando. A mão enluvada cumprimentou com o chapéu Borsalino. Uiiiiia — uiiiiia! Adriano Melli calcou o acelerador. Na primeira esquina fez a curva. Veiu voltando. Passou de novo. Continuou. Mais duzentos metros. Outra curva. Sempre na mesma rua. Gostava dela. Era a rua da Liberdade. Pouco antes do número 259-C já sabe: uiiiiia-uiiiiia!

— O que você está fazendo aí no terraço, menina?

— Então nem tomar um pouco de ar eu posso mais?

Lancia Lambda, vermelhinho, resplendente, pompeando na rua. Vestido do Camilo, verde, grudado á pele, serpejando no terraço.

— Entre já para dentro ou eu falo com seu pai quando êle chegar!

— Ah meu Deus, meu Deus, que vida, meu Deus!

Adriano Melli passou outras vezes ainda. Estranhou. Desapontou. Tocou para a avenida Paulista.

Na orquestra o negro de casaco vermelho afastava o saxofone da beiçorra para gritar:

Dizem que Cristo nasceu em Belém...

Porque os pais não a haviam acompanhado (abençoado furúnculo inflamou o pescoço do conselheiro José Bonifácio) ela estava achando um suco aquela vesperal do Paulistano. O namorado ainda mais. Os pares dançarinos maxixavam colados. No meio do salão eram um bolo tremelicante. Dentro do círculo palerma de mamãs, moças feias e moços enjoados. A orquestra preta tonitroava. Alegria de vozes e sons. Palmas contentes prolongaram o maxixe. O banjo é que ritmava os passos.

— Sua mãe me fez ontem uma desfeita na cidade.

— Não!

— Como não? Sim senhora. Virou a cara quando me viu.

... mas a história se enganou!

As meninas de ancas salientes riam porque os rapazes contavam episódios de farra muito engraçados. O professor da Faculdade de Direito citava Rui Barbosa para um sujeitinho de óculos. Sob a vaia do saxofone: turururu-turururum!

— Meu pai quer fazer um negócio com o seu.

— Ah sim?

Cristo nasceu na Baía, meu bem...

O sujeitinho de óculos começou a recitar Gustave Le Bon mas a destra espalmada do catedrático o engasgou. Alegria de vozes e sons.

... e o baiano criou!

BRÁS — BEXIGA — E — BARRA FUNDA

— Olhe aqui, Bonifácio: se êsse carcamano vem pedir a mão de Teresa para o filho você aponte o olho da rua para êle, compreendeu?
— Já sei, mulher, já sei.

Mas era cousa muito diversa. O cav. uff. Salvatore Melli alinhou algarismos torcendo a bigodeira. Falou como homem de negócios que enxerga longe. Demonstrou cabalmente as vantagens econômicas de sua proposta.
— O doutor...
— Eu não sou doutor, senhor Melli.
— Parlo assim para facilitar. Non é para ofender. Primo o doutor pense bem. E poi me dê a sua resposta. Domani, dopo do-

mani, na outra semana, quando quizer. Io resto á sua disposição. Ma pense bem!
Renovou a proposta e repetiu os argumentos pró. O conselheiro possuia uns terrenos em São Caetano. Cousas de herança. Não lhe davam renda alguma. O cav. uff. tinha a sua fábrica ao lado. 1.200 teares. 36.000 fusos. Constituiam uma sociedade. O conselheiro entrava com os terrenos. O cav. uff. com o capital. Arruavam os trinta alqueires e vendiam logo grande parte para os operários da fábrica. Lucro certo, mais que certo, garantidíssimo.

— E'. Eu já pensei nisso. Mas sem capital o senhor compreende é impossível...

— Per Bacco, doutor! Mas io tenho o capital. O capital sono io. O doutor entra com o terreno mais nada. E o lucro se divide no meio.

O capital acendeu um charuto. O conselheiro coçou os joelhos disfarçando a emoção. A negra de broche serviu o café.

— Doppo o doutor me dá a resposta. Io só digo isto: pense bem.

O capital levantou-se. Deu dois passos.

Parou. Meio embaraçado. Apontou para um quadro.
— Bonita pintura.
Pensou que fosse obra de italiano. Mas era de francês.
— Francese? Não é feio non. Serve.
Embatucou. Tinha qualquer cousa. Tirou o charuto da bôca, ficou olhando para a ponta acesa. Deu um balanço no corpo. Decidiu-se.
— Ia dimenticando de dizer. O meu filho fará o gerente da sociedade... Sob a minha direcção si capisce.
— Sei, sei... O seu filho?
— Si. O Adriano. O doutor... mi pare... mi pare que conhece êle?
O silêncio do conselheiro desviou os olhos do cav. uff. na direcção da porta.
— Repito un'altra vez: o doutor pense bem.
O Isotta Fraschini esperava-o todo iluminado.

— E então? O que devo responder ao homem?
— Faça como entender, Bonifácio...
— Eu acho que devo aceitar.
— Pois aceite...
E puxou o lenço.

A outra proposta foi feita de fraque e veiu seis mezes depois.

O conselheiro José Bonifacio
de Matos e Arruda
e
senhora
têm a honra de participar a V. Exa. e Exma. família, o contracto de casamento de sua filha Teresa Rita com o sr. Adriano Melli.
Rua da Liberdade, n. 259-C.

O cav. uff. Salvatore Melli
e
senhora
têm a honra de participar a V. Exa. e Exma. família o contracto de casamento de seu filho Adriano com a senhorinha Teresa Rita de Matos e Arruda.
Rua da Barra Funda, n. 427.

S. Paulo, 19 de fevereiro de 1927.

BRÁS — BEXIGA — E — BARRA FUNDA

No chá do noivado o cav. uff. Adriano Melli na frente de toda a gente recordou á mãe de sua futura nora os bons tempinhos em que lhe vendia cebolas e batatas, Olio di Lucca e bacalhau português quási sempre fiado e até sem caderneta.

LISETTA

Quando Lisetta subiu no bonde (o conductor ajudou) viu logo o urso. Felpudo, felpudo. E amarelo. Tão engraçadinho.
Dona Mariana sentou-se, colocou a filha em pé deante dela.
Lisetta começou a namorar o bicho. Poz o pirolito de abacaxi na bôca. Poz mas não chupou. Olhava o urso. O urso não ligava. Seus olhinhos de vidro não diziam absolutamente nada. No colo da menina de pulseira de ouro e meias de seda parecia um urso importante e feliz.

— Olha o ursinho que lindo, mamãe!
— Stai zitta!

A menina rica viu o enlevo e a inveja

da Lisetta. E deu de brincar com o urso. Mexeu-lhe com o toquinho do rabo: e a cabeça do bicho virou para a esquerda, depois para a direita, olhou para cima, depois para baixo. Lisetta acompanhava a manobra. Sorrindo fascinada. E com um ardor nos olhos! O pirolito perdeu definitivamente toda a importância.

Agora são as pernas que sobem e descem, cumprimentam, se cruzam, batem umas nas outras.

— As patas tambêm mexem, mamãe. Olha lá!

— Stai ferma!

Lisetta sentia um desejo louco de tocar no ursinho. Geitosamente procurou alcançá-lo. A menina rica percebeu, encarou a coitada com raiva, fez uma careta horrível e apertou contra o peito o bichinho que custara cincoenta mil réis na Casa São Nicolau.

— Deixa pegar um pouquinho, um pouquinho só nêle, deixa?

— Ah!

— Scusi, senhora. Desculpe por favor.

BRÁS — BEXIGA — E — BARRA FUNDA

A senhora sabe, essas crianças são muito levadas. Scusi. Desculpe.
A mãe da menina rica não respondeu. Ageitou o chapéuzinho da filha, sorriu para o bicho, fez uma carícia na cabeça dêle, abriu a bolsa e olhou o espelho.
Dona Mariana, escarlate de vergonha, murmurou no ouvido da filha:
— In casa me lo pagherai!
E pespegou por conta um beliscão no bracinho magro. Um beliscão daquêles.
Lisetta então perdeu toda a compostura de uma vez. Chorou. Soluçou. Chorou. Soluçou. Falando sempre.
— Ahn! Ahn! Ahn! Ahn! Eu que... ro o ur...so! O ur...so! Ai, mamãe! Ai, mamãe! Eu que...ro o...o...o... Ahn! Ahn!
— Stai ferma o ti amazzo parola d'onore!
— Um pou...qui...nho só! Ahn! E... ahn! E...ahn! Um pou...qui...
— Senti, Lisetta. Non ti porterò più in città! Mai più!
Um escândalo. E logo no banco da fren-

te. O bonde inteiro testemunhou o feio que Lisetta fez. O urso recomeçou a mexer com a cabeça. Da esquerda para a direita, para cima e para baixo.

— Non piangere più adesso!
Impossível. O urso lá se fôra nos braços da dona. E a dona só de má antes de entrar no palacete estilo empreiteiro português voltou-se e agitou no ar o bichinho. Para Lisetta ver. E Lisetta viu.
Den-den! O bonde deu um solavanco, sacudiu os passageiros, deslisou, rolou, seguiu. Den-den!
— Olha á direita!
Lisetta como compensação quiz sentar-se no banco. Dona Mariana (havia pago uma passagem só) opôs-se com energia e outro beliscão.

BRÁS — BEXIGA — E — BARRA FUNDA

A entrada de Lisetta em casa marcou época na história dramática da família Garbone. Logo na porta um safanão. Depois um tabefe. Outro no corredor. Intervalo de dois minutos. Foi então a vez das chineladas. Para remate. Que não acabava mais.

O resto da gurisada (narizes escorrendo, pernas arranhadas, suspensórios de barbante) reunido na sala de jantar sapeava de longe.

Mas o Ugo chegou da oficina.

— Você assim machuca a menina, mamãe! Coitadinha dela!

Tambêm Lisetta já não aguentava mais.

— Toma pra você. Mas não escache.
Lisetta deu um pulo contente. Pequerrucho. Pequerrucho e de lata. Do tamanho de um passarinho. Mas urso.
Os irmãos chegaram-se para admirar. O Pasqualino quiz logo pegar no bichinho. Quiz mesmo toma-lo á força. Lisetta berrou como uma desesperada:
— Êle é meu! O Ugo me deu!
Correu para o quarto. Fechou-se por dentro.

CORINTHIANS (2)
vs.
PALESTRA (1)

BRÁS — BEXIGA — E — BARRA FUNDA

Prrrrii!
— Aí, Heitor!
A bola foi parar na extrema esquerda. Melle desembestou com ela. A arquibancada pôs-se em pé. Conteve a respiração. Suspirou:
— Aaaah!
Miquelina cravava as unhas no braço gordo da Iolanda. Em torno do trapésio verde a ânsia de vinte mil pessoas. De olhos ávidos. De nervos elétricos. De preto. De branco. De azul. De vermelho.
Delírio futebolístico no Parque Antártica. Camisas verdes e calções negros corriam,

pulavam, chocavam-se, embaralhavam-se, caíam, contorcionavam-se, esfalfavam-se, brigavam. Por causa da bola de couro amarelo que não parava, que não parava um minuto, um segundo. Não parava.
— Neco! Neco!
Parecia um louco. Driblou. Escorregou. Driblou. Correu. Parou. Chutou.
— Gooool! Gooool!
Miquelina ficou abobada com o olhar parado. Arquejando. Achando aquilo um desafôro, um absurdo.
— Alegoá-goá-goá! Alegoá-goá-goá! Urrá-urrá! Corinthians!
Palhetas subiram no ar. Com os gritos. Entusiasmos rugiam. Pulavam. Dançavam E as mãos batendo nas bôcas:
— Go-o-o-o-o-o-ol!
Miquelina fechou os olhos de ódio.
— Corinthians! Corinthians!
Tapou os ouvidos.
— Já me estou deixando ficar com raiva!
A exaltação decresceu como um trovão.

BRÁS — BEXIGA — E — BARRA FUNDA

— O Rocco é que está garantindo o Palestra. Aí, Rocco! Quebra êles sem dó!
A Iolanda achou graça. Deu risada.
— Você está ficando maluca, Miquelina. Puxa! Que bruta paixão!
Era mesmo. Gostava do Rocco, pronto. Deu o fora no Biagio (o jovem e esperançoso esportista Biagio Panaiocchi, diligente auxiliar da firma desta praça G. Gasparoni & Filhos e denodado meia-direita do S. C. Corinthians Paulista campeão do Centenário) só por causa dêle.
— Juiz ladrão, indecente! Larga o apito, gatuno!
Na Sociedade Beneficiente e Recreativa do Bexiga toda a gente sabia de sua história com o Biagio. Só porque êle era frequentador dos bailes dominicais da Sociedade não poz mais os pés lá. E passou a torcer para o Palestra. E começou a namorar o Rocco.

— O Palestra não dá pro pulo!
— Fecha essa latrina, seu burro!
Miquelina ergueu-se na ponta dos pés. Ergueu os braços. Ergueu a voz:
— Centra, Matias! Centra, Matias!
Matias centrou. A assistência silenciou. Imparato emendou. A assistência berrou.
— Palestra! Palestra! Alegoá-goá! Palestra! Alegoá! Alegoá!
O italianinho sem dentes com um sôco furou a palheta Ramenzoni de contentamento. Miquelina nem podia falar. E o menino de ligas saiu de seu lugar, todo ofegante, todo vermelho, todo triunfante, e foi dizer para os primos corinthianos na última fileira da arquibancada:
— Conheceram, seus canjas?

O campo ficou vazio.
— O'...lh'a gasosa!
Moças comiam amendoim torrado senta-

das nas capotas dos automóveis. A sombra avançava no gramado maltratado. Mulatas de vestidos azues ganhavam beliscões. E riam. Torcedores discutiam com gestos.
— O'...lh'a gasosa!
Um aeroplano passeou sôbre o campo. Miquelina mandou pelo irmão um recado ao Rocco.
— Diga pra êle quebrar o Biagio que é o perigo do Corinthians.
Filipino mergulhou na multidão.

Palmas saudaram os jogadores de cabelos molhados.
Prrrrii!
— O Rocco disse pra você ficar sossegada.
Amilcar deu uma cabeçada. A bola foi bater em Tedesco que saiu correndo com ela. E a linha toda avançou.
— Costura, macacada!

Mas o juiz marcou um impedimento.
— Vendido! Bandido! Assassino!
Turumbamba na arquibancada. O refle do sargento subiu a escada.
— Não pode! Põe pra fora! Não pode!
Turumbamba na geral. A cavalaria movimentou-se. Miquelina teve medo. O sargento prendeu o palestrino. Miquelina protestou baixinho:
— Nem torcer a gente pode mais! Nunca vi!

— Quantos minutos ainda?
— Oito.

Biagio alcançou a bola. Aí, Biagio! Foi levando, foi levando. Assim, Biagio! Driblou um. Isso! Fugiu de outro. Isso! Avançava

BRÁS — BEXIGA — E — BARRA FUNDA

para a vitória. Salame nêle, Biagio! Arremeteu. Chute agora! Parou. Disparou. Parou. Aí! Reparou. Exitou. Biagio! Biagio! Calculou. Agora! Preparou-se. Olha o Rocco! E' agora. Aí! Olha o Rocco! Caiu.
— CA-VA-LO !
Prrrrii!
— Penalti!

Miquelina pôs a mão no coração. Depois fechou os olhos. Depois perguntou:
— Quem é que vai bater, Iolanda?
— O Biagio mesmo.
— Desgraçado.
O medo fez silêncio.
Prrrrii!
Pan!
— Go-o-o-o-ol! Corinthians!

— Quantos minutos ainda?
Pri-pri-pri!
— Acabou, Nossa Senhora!
Acabou.

As arvores da geral derrubaram gente.
— Abr'a porteira! Rá! Fech'a porteira! Prá!
O entusiasmo invadiu o campo e levantou o Biagio nos braços.
— Solt'o rojão! Fiú! Rebent'a bomba! Pum! CORINTHIANS!
O ruido dos automoveis festejava a vitória. O campo foi-se esvasiando como um tanque. Miquelina murchou dentro de sua tristeza.
— Que é — que é? E' jacaré? Não é!
Miquelina nem sentia os empurrões.
— Que é — que é? E' tubarão? Não é!

BRÁS — BEXIGA — E — BARRA FUNDA

Miquelina não sentia nada.
— Então que é? CORINTHIANS!
Miquelina não vivia.

Na avenida Agua-Branca os bondes formando cordão esperavam campainhando o zé-pereira.
— Aqui, Miquelina.
Os três espremeram-se no banco onde já havia tres. E gente no estribo. E gente na coberta. E gente nas plataformas. E gente do lado da entrevia.
A alegria dos vitoriosos demandou a cidade. Berrando, assobiando e cantando. O mulato com a mão no guindaste é quem puchava a ladainha:
— O Palestra levou na testa!
E o pessoal entoava:
— Ora pro nobis!
Ao lado de Miquelina o gordo de lenço no pescoço desabafou:

— Tudo culpa daquela besta do Rocco! Ouviu, não é Miquelina? Você ouviu?
— Não liga pra êsses trouxas, Miquelina.
Como não liga?
— O Palestra levou na testa! Cretinos.
— Ora pro nobis! Só a tiro.

— Diga uma cousa, Iolanda. Você vai hoje na Sociedade?
— Vou com o meu irmão.
— Então passa por casa que eu tambêm vou.
— Não?
— Que bruta admiração! Porque não?
— E o Biagio?
— Não é de sua conta.
Os pingentes mexiam com as moças de braço dado nas calçadas.

NOTAS BIOGRÁFICAS DO NOVO DEPUTADO

BRÁS — BEXIGA — E — BARRA FUNDA

O coronel recusou a sopa.
— Que é isso, Juca? Está doente?
O coronel coçou o queixo. Revirou os olhos. Quebrou um palito. Deu um estalo com a língua.
— Que é que você tem, homem de Deus?
O coronel não disse nada. Tirou uma carta do bolso de dentro. Poz os óculos. Começou a ler:
— **Exmo. snr. coronel Juca.**
— De quem é?
— Do administrador da Santa Inácia.
— Já sei. Geada?
— Escute. **Exmo. snr. coronel Juca. Respeitosa Saudações. Em primeiro lugar**

Saudo-vos. V. Ecia. e D. Nequinha. Coronel venho por meio desta respeitosamente communicar para V. E. que o cafesal novo agradeceu bastante as chuvarada desta semana. E tal e tal e tal. Me acho doente diversos incomodos divido o serviço.
— Coitado.
— Mas não é isso. O major Domingo Netto mandou buscar a vacca... O' senhor! Não acho.
— Na outra página, Juca.
— Está aqui. Vá escutando. Em ultimo lugar vos communico que o seu comprade João Intaliano morreu...
— Meus Deus, não diga?
— ... morreu segunda que passou de uma anemia nos rim: Por esses motivos recolhi em casa o vosso afilhado e orpham Gennarinho. Pesso para V. E. que me mande dizer o distino e tal. E agora, mulher?

Dona Nequinha suspirou. Bebeu um gole de água. Mandou levar a sopa.

— E então?

Dona Nequinha passou a língua nos lábios. Levantou a tampa da farinheira. Ar-

ranjou o virote.
— E então? Que é que eu respondo?
Dona Nequinha pensou. Pensou. Pensou. E depois:
— Vamos pensar bem primeiro, Juca. Não coma o torresmo que faz mal. Amanhã você responde. E deixe-se de extravagâncias.

Gennarinho desceu na estação da Sorocabana com o nariz escorrendo. Todo chibante. De chapéu vermelho. Bengalinha na mão. Rebocado pelo filho mais velho do administrador. E com uma carta para o coronel J. Peixoto de Faria. Tomou o coche Hudson que estava á sua espera. Veiu desde a estação até a avenida Higienópolis com a cabeça para fora do automovel soltanto cusparadas. Apertou o dedo no portão. Disse uma palavra feia. Subiu as escadas berrando.
— Tire o chapéu.

Tirou.
— Diga boa noite.
Disse.
— Beije a mão dos padrinhos.
Beijou.
— Limpe o nariz.
Limpou com o chapéu.

— Pronto, Nhanzinha. A telefonista cortou. Chegou ante-ontem. Espertinho como êle só. Nem você imagina. Tem nove anos. E' sim. Crescidinho. Juca ficou com dó dêle. Pois é. Coitadinho. Imagine. Pois é. Faz de conta que é um filho. Já estou querendo bem mesmo. Gennarinho. O que? E' sim. Nome meio exquisito. Tambêm acho. O Juca está que não pode mais de satisfeito. Êle que sempre desejou ter tanto um filho, não é? Pois então. Nasceu na Brás. O pai era não sei o quê. Estava na fazenda há cinco annos já. Bom, Nhanzinha. O Juca está me chamando.

BRÁS — BEXIGA — E — BARRA FUNDA

Beijos na Marianinha. Obrigada. O mesmo. Até amanhã. Ah! Ah! Ah! Imagine! Nesta idade!... Até amanhã, Nhanzinha. Que é que você queria, Juca?
— Agora é tarde. Você não sabe o que perdeu.
— O Gennarinho, é?
— Diabinho de menino! Querendo á toda força levantar a saia da Atsué.
— Mas isso não está direito, Juca. Vou já e já...
— E'. Direito não está mesmo. Mas é engraçado.
— ... dar uns tapas nêle.
— Não faça isso, ora essa! Dar á toa no menino!
— Não é á toa, Juca.
— Bom. Então dê. Olhe aqui: eu mesmo dou, sabe? Eu tenho mais geito.

Um dia na mesa o coronel implicou:
— Êsse negócio de Gennarinho não está certo. Gennarinho não é nome de gente. Você agora passa a se chamar Januário que é a tradução. Eu já indaguei. Ouviu? Eta menino impossível! Sente-se já aí direito! Você passa a se chamar Januário. Ouviu?
— Ouvi.
— Não é assim que se responde. Diga sem se mexer na cadeira: Ouvi, sim senhor.
— Ouvi, sim senhor coronel!
Dona Nequinha riu como uma perdida. Da resposta e da continência.

Uma noite na cama dona Nequinha perguntou:
— Juca: você já pensou no futuro do menino?
O coronel estava dorme não dorme. Respondeu bocejando:
— Já-á-á!...

— Que é que você resolveu?
O coronel levou um susto.
— O que? Resolveu o que?
— O futuro do menino, homem de Deus!
— Ahn!...
— Responda.
O coronel coçou primeiro o pescoço.
— Para falar a verdade, Nequinha, ainda não resolvi nada.
O suspiro desanimado da consorte foi um protesto contra tamanha indecisão.
— Mas você não há de querer que êle cresça um vagabundo, eu espero.
— Pois está visto que não quero.
Aproveitando o silêncio o despertador bateu mais forte no criado-mudo. Dona Nequinha ageitou o travesseiro. São José dentro de sua redoma espiou o vôo de dois pernilongos.
— Eu acho que... Apague a luz que está me incomodando.
— Pronto. Acho o que?
— Eu acho que a primeira cousa que se deve fazer é meter o menino num colégio.

ANTÓNIO DE ALCÂNTARA MACHADO

— Num colégio de padres.
— E'.
— Eu sou católica. Você tambêm é. O Januário tambêm será.
— Muito bem...
— Você parece que está dizendo isso assim sem muito entusiasmo...
Era sono.
— Amanhã-ã-ã... ai! ai!... nós vemos isso direito, Nequinha...

Até o coronel ajudou a aprontar o Januário. Foi quem poz ordem na cabelada côr de abóbora. Na terceira tentativa fez uma risca bem no meio da cabeça.
— Agora só falta a merenda.
Dona Nequinha preparou logo. Pão francês. Goiabada Pesqueira. Queijo Palmira.
— Diga pro Inácio tirar o automóvel. O fechado.
A comoção era geral. Dona Nequinha

apertou mais uma vez a gravata azul do Januário. O coronel deu uma escovadela pensativa no gorro. Januário fez uma cara de vítima.

— Vamos indo que está na hora.

Dona Nequinha (o coronel já se achava no meio da escadaria de mármore carregando a pasta collegial) beijou mais uma vez a testa do menino. Chuchurreadamente. Maternalmente.

— Vá, meu filhinho. E tenha muito juizo, sim? Seja muito respeitador. Vá.

Todo compenetrado, de pescoço duro e passo duro, Januário alcançou o coronel.

A meninada entrava no Ginásio de São Bento em silêncio e beijava a mão do senhor reitor. Depois disparava pelos corredores jogando os chapéus no ar. As aulas de portas abertas esperavam de carteiras vasias. O berreiro sufocava o apito dos vigilantes.

— Cumprimente o senhor reitor.
D. Estanislau deu uma palmadinhas na nuca do Januário. Januário tremeu.
— Crescidinho já. Muito bem. Muito bem. Como se chama?
Januário não respondeu.
— Diga o seu nome para o senhor reitor.
— Januário.
— Ah! Muito bem. Januário. Muito bem. Januário de quê?
Januário estava louco para ir para o recreio. Nem ouviu.
— Diga o seu nome todo, menino!
Com os olhos no coronel:
— Januário Peixoto de Faria.
O porteiro apareceu com uma sineta na mão. Dlin-dlin! Dlin-dlin! Dlin-dlin!

O coronel seguiu para o São Paulo Clube pensando em fazer testamento.

O MONSTRO DE RODAS

BRÁS — BEXIGA — E — BARRA FUNDA

O Nino apareceu na porta. Teve um arrepio. Levantou a gola do paletó.
— Ei, Pepino! Escuta só o frio!
Na sala discutiam agora a hora do enterro. A Aida achava que de tarde ficava melhor. Era mais bonito. Com o filho dormindo no colo dona Mariangela achava tambêm. A fumaça do cachimbo do marido ia dançar bem em cima do caixão.
— Ai, Nossa Senhora! Ai, Nossa Senhora!
Dona Nunzia descabelada enfiava o lenço na bôca.
— Ai, Nossa Senhora! Ai, Nossa Senhora!

Sentada no chão a mulata oferecia o copo de água de flor de laranja.
— Leva ela pra dentro!
— Não! Eu não quero! Eu... não... quero!...
Mas o marido e o irmão a arrancaram da cadeira e ela foi gritando para o quarto. Enxugaram-se lágrimas de dó.
— Coitada da dona Nunzia!
A negra de sandalia sem meia principiou a segunda volta do terço.
— Ave Maria, cheia de graça, o Senhor...
Carrocinhas de padeiro derrapavam nos paralelepípedos da rua Sousa Lima. Passavam cestas para a feira do largo do Arouche. Garoava na madrugada roxa.
— ... da nossa morte. Amen. Padre Nosso que estais no céu...
O soldado espiou da porta. Seu Chiarini começou a roncar muito forte. Um bocejo. Dois bocejos. Três. Quatro.
— ... de todo o mal. Amen.
A Aida levantou-se e foi espantar as moscas do rosto do anjinho.
Cinco. Seis.

BRÁS — BEXIGA — E — BARRA FUNDA

O violão e a flauta recolhendo da farra emudeceram respeitosamente na calçada.

Na sala de jantar Pepino bebia cerveja em companhia do Américo Zamponi (**SALÃO PALESTRA ITÁLIA — Engraxa-se na perfeição a 200 réis**) e o Tibúrcio (— O Tibúrcio... — O mulato? — Quem mais há de ser?).
— Quero só ver daqui a pouco a notícia do **Fanfulla**. Deve cascar o almofadinha.
— Chi, Pepino! Você é ainda muito criança. Tu é ingenuo, rapaz. Não conhece a podridão da nossa imprensa. Que o quê, meu nego. Filho de rico manda nesta terra que nem a Light. Pode matar sem medo. E' ou não é, seu Zamponi?
Seu Américo Zamponi soltou um palavrão, cuspiu, soltou outro palavrão, bebeu, soltou mais outro palavrão, cuspiu.
— E' isso mesmo, seu Zamponi, é isso mesmo!

O caixãozinho côr de rosa com listas prateadas (dona Nunzia gritava) surgiu deante dos olhos assanhados da vizinhança reunida na calçada (a molecada pulava) nas mãos da Aida, da Josefina, da Margarida e da Linda.
— Não precisa ir depressa para as moças não ficarem escangalhadas.
A Josefina na mão livre sustentava um ramo de flores. Do outro lado a Linda tinha a sombrinha verde aberta. Vestidos engomados, armados, um branco, um amarelo, um creme, um azul. O enterro seguiu.
O pessoal feminino da reserva carregava dálias e palmas de São José. E na calçada os homens caminhavam descobertos.

BRÁS — BEXIGA — E — BARRA FUNDA

O Nino quiz fechar com o Pepino uma aposta de quinhentão.
— A gente vai contando os trouxas que tiram o chapéu até a gente chegar no Araçá. Mais de cincoenta você ganha. Menos, eu.
Mas o Pepino não quiz. E pegaram uma discussão sôbre qual dos dois era o melhor: Friedenreich ou Feitiço.
— Deixa eu carregar agora, Josefina?
— Puxa, que fiteira! Só porque a gente está chegando na avenida Angélica. Que mania de se mostrar que você tem!
O grilo fez continência. Automóveis disparavam para o corso com mulheres de pernas cruzadas mostrando tudo. Chapéus cumprimentavam dos ónibus, dos bondes. Sinais da santa cruz. Gente parada.
Na praça Buenos Aires Tibúrcio já havia arranjado tres votos para as próximas eleições municipais.
— Mamãe, mamãe! Venha ver um entêrro, mamãe!

Aida voltou com a chave do caixão presa num lacinho de fita. Encontrou dona Nunzia sentada na beira da cama olhando o retrato que a **Gazeta** publicara. Sozinha. Chorando.

— Que linda que era ela!

— Não vale a pena pensar mais nisso, dona Nunzia...

O pai tinha ido conversar com o advogado.

ARMAZEM PROGRESSO DE SÃO PAULO

BRÁS — BEXIGA — E — BARRA FUNDA

O armazem do Natale era célebre em todo o Bexiga por causa dêste anúncio:

AVISO ÁS EXCELENTÍSSIMAS MÃES DE FAMÍLIA!
O
ARMAZEM PROGRESSO DE SÃO PAULO
DE
NATALE PIENOTTO
TEM ARTIGOS DE TODAS AS QUALIDADES
DÁ-SE UM CONTO DE RÉIS A QUEM PROVAR O CONTRARIO
N. B. — Jogo de bocce com serviço de restaurante nos fundos.

Isso em letras formidáveis na fachada e em prospectos entregues a domicílio.

O filho do doutor da esquina que era muito pândego e comprava cigarros no armazem mandando-os debitar na conta do pai

com outro nome bulia todos os santos dias com o Natale:
— Seu Natale, o senhor tem pneumáticos balão aí?
— Que negócio é êsse?
— Ah, não tem? Então passe já para cá um conto de réis.
— Você não vê logo, Zézinho, que isso é só para tapear os trouxas? Que é que você quer? Um maço de Sudan Ovais? E como é na caderneta?
— Bote hoje uma Si-Si que é tambêm pra tapear o trouxa.
O Natale achava uma graça imensa e escrevia: **Duas Si-Si pro snr. Zézinho — 1$200.**

O Armazem Progresso de São Paulo começou com uma porta no lado par da rua da Abolição. Agora tinha quatro no lado impar.
Tambêm o Natale não despregava do balcão de madrugada a madrugada. Traba-

lhava como um danado. E dona Bianca suando firme na cozinha e no bocce.
— Se não é essa cousa de imposto, puxa vida!
Mas a caderneta da Banca Francese ed Italiana per l'America del Sud ria dessa cousa de imposto.

— Dá aí duzentão de cachaça!
O negro fedido bebeu de um gole só. Começou a cuspir.
No quintal o pessoal do bocce gritava quem nem no futebol. Entusiasmos estalavam:
— Evviva il campionissimo!
O Ferrucio entrou de pé no chão e relógio-pulseira.
— Mais duas de Hamburguesa, seu Natale.
Meninas enlaçadas passeavam na calçada. O lampeão de gás piscava pra elas. A lo-

comotiva fumegando no carrinho de mão apitava amendoim torrado. O Brodo passou cantando.
Natale veiu á porta da rua estirar os braços. Em frente a Confeitaria Paiva Couceiro expunha renques de cebola e a mulher do proprietário grávida com um filhinho no colo. Êsse espectáculo diário era um goso para o Natale. Cebola era artigo que estava por preço que as excelentíssimas mães de familia achavam uma beleza de preço. E o mondrongo coitado tinha um colosso de cebolas galegas empatado na confeitaria. Natale que não perdia tempo calculou logo quanto poderia oferecer por toda aquela mercadoria (cebolas e o resto) no leilão da falência: dez contos, talvez sete, quem sabe cinco. O português não aguentaria mesmo o tranco por mais tempo.
— Dona Bianca está chamando o senhor depressa na cozinha.
Resolveu primeiro apertar o homem no vencimento da letra. E acendeu um Castro Alves.

BRÁS — BEXIGA — E — BARRA FUNDA

A roda de pizza chiava na panela.
— Con molte alici, eh dama Bianca!
— Si capisce, sor Luigi!
Natale entrou.
— Vem aqui no quarto.
Natale foi meio desconfiado.

— Que é?
Bianca quando dava para falar era aquela desgraça.
José Espiridião, o mulato, o do Abastecimento, ora o da Comissão do Abastecimento...
— Já sei.
... estava ali no quintal assistindo a uma partida de bocce. Conversando com o Giribello, o sapateiro, o pai da Genoveva...

— Já sei.

Bianca foi levar lá um prato de não sei quê e o senvergonha do mulato até brincara com ela. Disse umas gracinhas. Mas ela não ficou quieta não. Que esperança. Deu uma resposta até que o Espiridião ficou até assim meio...

— Já sei.

Pois é. Ela ficou ali espiando o bocce porque era a vez do Nicola jogar. E como o Nicola já sabe é o campeão e estava num dia mesmo de...

— Sei!

Pois é. Ela ficou espiando. E tambêm escutando o que o Espiridião estava dizendo para o Giribello. Não é que ela fazia questão de escutar o que êle falava. Não. Mas ela estava ali perto — não é? — então...

— SEI!

O Espiridião falava assim para o Giribello que a crise era um facto, que a cebola por exemplo ia ficar pela hora da morte. O pessoal da Comissão do Abastecimento andava até...

— SEI!

Ela então não quiz ouvir mais nada. Veiu correndo e mandou o Ferrucio chama-lo para lhe dizer que desse um geito com o português.
— Já sei...
Se não aproveitasse agora nunca mais. O homem que desse em pagamento da letra as...
— Dona Bianca! Venha depressa que o Dino quer avançar nas comidas!

— Mais um copo, seu doutor.
José Espiridião aceitava o título e a cerveja.
— Pois é como estou lhe contando, seu Natale. A tabela vai subir porque a colheita foi fracota como o diabo. Ai, ai! Coitado de quem é pobre.
Natale abriu outra Antártica,
— Cebola até o fim do mês está valendo três vezes mais. Não demora muito temos

cebola aí a cinco mil réis o quilo ou mais. Olhe aqui, amigo Natale: trate de bancar o açambarcador. Não seja besta. O pessoal da alta que hoje cospe na cabeça do povo enriqueceu assim mesmo. Igualzinho.
Natale já sabia disso.
— Se o doutor me promete ficar quieto — compreende? — e o negócio dá certo o doutor leva tambêm as suas vantagens...
Espiridião já sabia disso.

Dona Bianca poz o Nino na caminha de ferro. Êle ficou com uma perna fora da coberta. Toda cheia de feridas.
Então o Natale entrou assobiando a **Tosca**. A mulher olhou bem para êle. Percebeu tudo. Perguntou por perguntar:
— Arranjou?
Natale segurou-a pelas orelhas, quási encostou o nariz no dela.
— Diga se eu tenho cara de trouxa!

BRÁS — BEXIGA — E — BARRA FUNDA

Deu na dona Bianca um empurrão contente da vida, deu uma volta sôbre os calcanhares, deu um sôco na cômoda, saiu e voltou com meio litro de Chianti Ruffino. Parou. Olhou para a garrafa. Hesitou. Saíu de novo. E trouxe meia Pretinha.

Dona Bianca deitou-se sem apagar a luz. Olhou muito para o Dino que dormia de bôca aberta. Olhou muito para o **Santo Antonio di Padova col Gesù Bambino** bem no meio da parede amarela. Mais uma vez olhou muito para o Dino que mudara de posição. E fechou os olhos para se ver no palacete mais caro da avenida Paulista.

NACIONALIDADE

BRÁS — BEXIGA — E — BARRA FUNDA

O barbeiro Tranquillo Zampinetti da rua do Gasómetro n. 224-B entre um cabelo e uma barba lia sempre os comunicados de guerra do **FANFULLA.** Muitas vezes em voz alta até. De puro entusiasmo. **La fulminante investita dei nostri bravi bersaglieri ha ridotto le posizione nemiche in un vero amazzo di rovine. Nel campo di battaglia sono restati circa cento e novanta nemici. Dalla nostra parte abbiamo perduto due cavalli ed è rimasto ferito un bravo soldato, vero eroe che si è avventurato troppo nella conquista fatta da solo di una batteria nemica.**

Comunicava ao Giacomo engraxate (**SALÃO MUNDIAL**) a nova vitória e entoava:

ANTÓNIO DE ALCÂNTARA MACHADO

**Tripoli sarà italiana,
sarà italiana a rombo di cannone!**

Nêsses dias memoráveis deante dos fregueses assustados brandia a navalha como uma espada:
— Caramba, come dicono gli spagnuoli!

Mas tinha um desgosto. Desgosto patriótico e doméstico. Tanto o Lorenzo como o Bruno (Russinho para a saparia do Brás) não queriam saber de falar italiano. Nem brincando. O Lorenzo era até irritante.
— Lorenzo! Tua madre ti chiama!
Nada.
— Tua madre ti chiama, ti dico!
Inútil.
— Per l'ultima vòlta, Lorenzo! Tua madre ti chiama, hai capito?
Que o que.
— Stai attento que ti rompo la faccia,

figlio d'un cane sozzaglione, che non sei altro!
— Pode ofender que eu não entendo! Mamãe! **Mamãe!** **MAMÃE!**
Cada surra que só vendo.

Depois do jantar Tranquillo punha duas cadeiras na calçada e chamava a mulher. Ficavam gozando a fresca uma porção de tempo. Tranquillo cachimbando. Dona Emilia fazendo meias roxas, verdes, amarelas. A's vezes o Giacomo vinha tambêm carregando a sua cadeira de palha grossa.
Raramente abriam a bôca. Quási que para cumprimentar só:
— Buona sera, Crispino.
— Tanti saluti a casa, sora Clementina.
Mas quando dava na telha do Carlino Pantaleoni, proprietário da **QUITANDA BELLA TOSCANA,** de vir tambêm se reunir ao grupo era uma vez o silêncio. Falava tan-

to que nem parava na cadeira. Andava de um lado para outro. Com grandes gestos. E era um desgraçado: citava Dante Alighieri e Leonardo da Vinci. Só êsses. Mas tambêm sem titubear. E vinte vezes cada dez minutos. Desgraçado.
O assunto já sabe: Itália. Itália e mais Itália. Porque a Itália isto, porque a Itália aquilo. E a Itália quer, a Itália faz, a Itália é, a Itália manda.
Giacomo era menos jacobino. Tranquillo era muito. Ficava quieto porêm.
E'. Ficava quieto. Mas ia dormir com aquela idea na cabeça: voltar para a pátria.
Dona Emilia sacudia os ombros.

Um dia o Ferrucio candidato do goverrno a terceiro juiz de paz do distrito veiu cabalar o voto do Tranquillo. Falou. Falou. Falou. Tranquillo escanhoando o rosto do político só escutava.

BRÁS — BEXIGA — E — BARRA FUNDA

— Siamo intesi?
— No. Non sono elettore.
— Non è elettore? Ma perchè?
— Perchè sono italiano, mio caro signore.
— Ma che c'entra la nazionalità, Dio Santo? Pure io sono italiano e farò il giudice!
— Stà bene, stà bene. Penserò.

E votou com outra caderneta. Depois gostou. Alistou-se eleitor. E deu até para cabalar.

A guerra europea encontrou Tranquillo Zampinetti proprietário de quatro prédios na rua do Gasómetro, dois na rua Piratininga, cabo influente do Partido Republicano Paulista e dilecto compadre do primeiro subdelegado do Brás; o Lorenzo interessado da firma Vanzinello & Cia. e noivo da filha mais velha do major António Del Piccolo, membro do directório governista do Bom Retiro; o Bruno vice-presidente da Associação Atlética Ping-Pong e primeiro anista do Ginásio do Estado. Tranquillo agitou-se todo. Comprou um mapa das operações com as respectivas bandeirinhas. Colocou no salão o retrato da família real. Enfeitou o lustre com papel de seda tricolor.

— Questa volta Guglielmone avrà il suo!

Lorenzo noivava. Bruno caçoava.

Dona Clementina pouco ligava. Mas no dia em que o marido resolveu influenciado pelo Carlino subscrever para o empréstimo de guerra protestou indignada. Tranquillo deu dois gritos patrióticos. Dona Emilia deu três econômicos. Tranquillo cedeu. E mostrou ao Carlino como explicação a sua caderneta de eleitor.

Aos poucos mesmo foi se desinteressando da guerra. E chegou á perfeição de ficar quieto na tarde em que o Bruno entrou pela casa a dentro berrando como um possesso:

BRÁS — BEXIGA — E — BARRA FUNDA

Il general Cadorna
scrisse alla Regina:
Si vuol vedere Trieste
t'la mando in cartolina...

E o Bruno só para moer não cantou outra cousa durante três dias.

Proprietário de mais dois prédios á rua Santa Cruz da Figueira Tranquillo Zampinetti fechou o salão (a mão já lhe tremia um pouquinho) e entrou para sócio comanditário da Perfumaria Santos Dumont.
Então já dizia em conversa no Centro Político do Brás:
— Do que a gente bisogna no Brasil, bisogna mesmo, é d'un buono governo mais nada!
E o único trabalho que tinha era fiscalizar todos os dias a construcção da capela da família no cemitério do Araçá.

Quando o Bruno bacharel em ciências jurídicas e sociais pela Faculdade de Direito de São Paulo ao sair do salão nobre no dia da formatura caiu nos seus braços Tranquillo Zampinetti chorou como uma criança.

No pátio a banda da Força Pública (gentilmente cedida pelo doutor secretário da Justiça) terminava o hino acadêmico. A estudantada gritava para os visitantes:

— Chapéu! Chapéu-péu-péu!

E maxixava sob as arcadas.

Tranquillo empurrou o filho com fraque e tudo para dentro de um automóvel no largo de São Francisco e mandou tocar a toda para casa.

BRÁS — BEXIGA — E — BARRA FUNDA

Dona Emilia estava mexendo na cozinha quando o filho do Lorenzo gritou no corredor:
— Vovó! Vovó! Venha ver o tio Bruno de cartola!
Tremeu inteirinha. E veiu ao encontro do filho amparada pelo Lorenzo e pela nora.
— Benedetto pupo mio!
Vendo os cinco chorando abraçados o filho do Lorenzo abriu tambêm a bôca.

O primeiro serviço profissional do Bruno foi requerer ao exmo. snr. dr. Ministro da Justiça e Negócios Interiores do Brasil a naturalização de Tranquillo Zampinetti, cidadão italiano residente em São Paulo.

TABOADA

ARTIGO DE FUNDO	13
GAETANINHO	21
CARMELA	31
TIRO DE GUERRA N. 35	45
AMOR E SANGUE	59
A SOCIEDADE	67
LISETTA	79
CORINTHIANS (2) VS. PALESTRA (1)	87
NOTAS BIOGRÁFICAS DO NOVO DEPUTADO	99
O MONSTRO DE RODAS	111
ARMAZEM PROGRESSO DE SÃO PAULO	119
NACIONALIDADE	131

ACABADO DE IMPRIMIR
A OITO DE MARÇO DE
MIL NOVECENTOS E VIN-
TE E SETE NAS OFICINAS
DA EDITORIAL HELIOS
LIMITADA DESTA CA-
PITAL DE SÃO PAULO

COMENTÁRIOS E NOTAS
À EDIÇÃO FAC-SIMILAR
DE BRÁS, BEXIGA E BARRA FUNDA

AGRADECIMENTOS

Ao INSTITUTO DE ESTUDOS BRASILEIROS da Universidade de S. Paulo, que me proporcionou condições para a realização deste trabalho.

A Francisco de Assis Barbosa, pelo estímulo constante e ajuda permanente na localização de fontes.

A José Mindlin, que mais de uma vez nos socorreu com cópias em xerox de edições necessárias para a elaboração de variantes e bibliografia desta edição.

Ao Dr. Plinio Doyle, que nos colocou à disposição recortes de críticas sobre o autor e sua obra, complementando nosso levantamento bibliográfico.

E em especial a Sonia Maria de Lara Weiser, que colaborou na tarefa trabalhosa de preparo de originais e Durval de Lara Filho, que realizou as reproduções fotográficas que apresentamos.

C. L.

PREFÁCIO

De todos os grandes autores do modernismo brasileiro, Antonio de Alcântara Machado é sem dúvida o que mais se deixou impregnar pelos meios de comunicação visual que começaram a se transformar e adquirir uma nova dimensão em conseqüência da Primeira Guerra Mundial. Compreendeu de relance a importância do grafismo, em toda a infinita diversificação e complexidade de formas, que assumem com o dadaísmo e o surrealismo o **climax** do movimento de renovação, quase que de liquidação do passado, pelo menos dos modelos tradicionais não de todo desaparecidos e ainda com bastante vitalidade, para resistir ao conflito de 1914-1918.

Antonio de Alcântara Machado foi no Brasil dos primeiros a compreender a influência do grafismo como expressão literária na arte do após-guerra. E soube aplicá-la à sua obra de ficcionista de temas urbanos, voltado para o cotidiano de uma cidade como São Paulo, que então iniciava a sua violenta transformação urbana, na escalada para se tornar em breve o maior centro metropolitano e industrial do país, que em menos de cinqüenta anos daria um salto demográfico sem precedentes.

Sendo além de escritor um jornalista, atento portanto a todas as novidades da época, que na década de 1920 vão desdobrar-se no desenvolvimento do cinema e do rádio, valeu-se da multiplicidade e movimento de imagens, na comunicação direta e instantânea, ao mesmo tempo concisa e dinâmica, características da sua prosa ágil e flexível.

Ao desaparecer com pouco mais de 30 anos, as três obras fundamentais que deixou são tipicamente modernas, e não apenas modernistas, e por isso mesmo representativas como conteúdo artístico desse mundo em ebulição. É o que desde logo surpreende na leitura, sobretudo hoje, das impressões de viagem à Europa, reunidas como num filme, projetado de uma **Pathé Baby** (1926), e os contos de **Brás, Bexiga e Barra Funda** (1927) e **Laranja da China** (1928), notícias do cotidiano paulistano, flagrantes da classe proletária e da burguesia endinheirada, dos pequenos núcleos de imigrantes, italianos na sua maioria, que vão adensar a classe média ainda rarefeita de pequenos comerciantes e burocratas.

Esses livros de Antonio de Alcântara Machado tinham que ressurgir na sua feição gráfica original, tal como foram criados e publicados, com a marca inconfundível do autor, cuja presença se afigura patente em todas as páginas impressas dos seus livros, denunciando o rigorismo gráfico com que foram elaboradas e até pensadas.

Daí a sua inclusão no programa de edições fac-similares do Arquivo do Estado de São Paulo, iniciando a série de literatura. É inseparável do texto do grande escritor o volume, com os comentários de Cecília de Lara, com vistas à próxima edição de toda ou quase toda a produção de Antonio de Alcântara Machado, reunindo não apenas a ficção, como também ensaios de crítica literária e de história, crônicas da vida urbana, reportagens e jornalismo de um modo geral, além de uma seleção da correspondência.

Cecília de Lara realiza um trabalho sem paralelo em nossa história literária, após anos a fio, na coleta de um precioso material, submerso em revistas de pequena tiragem, jornais dispersos em hemerotecas e coleções particulares, revistas e jornais de difícil acesso, diga-se de passagem, apesar de modernos ou modernistas, uma tarefa quase heróica de arqueologia heurística, restaurando assim a mensagem de um dos maiores escritores do modernismo. Há de nos dar um Antonio de Alcântara Machado de corpo inteiro ainda não de todo conhecido e reconhecido, ao completar em breve os volumes de toda a sua contribuição, de perene criatividade.

A edição simultânea das três obras básicas do criador da prosa experimental do modernismo brasileiro, impressa na Imprensa Oficial, por iniciativa do Arquivo do Estado de São Paulo, reveste-se, em suma, de um significado todo especial, neste momento em que tanto se fala, e quase nada se faz, no sentido de preservar a memória brasileira, no que ela possui de mais característico e fecundo enquanto expressão e comunicação literárias.

É de inteira justiça agradecer aos que tornaram possível a publicação desta parte preliminar de conjunto da obra de Antonio de Alcântara Machado, que está sendo levantada com tanta pertinácia e competência pela professora Cecília de Lara.

Junto ao governo do Estado de São Paulo, quero referir-me em primeiro lugar ao governador José Maria Marin, e aos seus devotados colaboradores, o secretário de Estado da Cultura, João Carlos Martins, Calim Eid, Secretário Chefe da Casa Civil, o supervisor do Arquivo do Estado, professor José Sebastião Witter, e o diretor-superintendente da Imprensa Oficial, Caio Plínio Aguiar Alves de Lima.

E também à professora Myrian Ellis, atual diretora do Instituto de Estudos Brasileiros da USP, grande amiga e competente estudiosa, que facultou o uso das primeiras edições de Antonio de Alcântara Machado para a reprodução fac-similar que ora apresentamos.

Todos merecem o nosso apreço de paulistas e brasileiros.

São Paulo, novembro de 1981
Francisco de Assis Barbosa.

SUMÁRIO

AGRADECIMENTOS 5
PREFÁCIO 7
CONSIDERAÇÕES GERAIS 11
A ELABORAÇÃO DE **BRÁS, BEXIGA E BARRA FUNDA** 13
CRITÉRIOS DESTA EDIÇÃO 17
REGISTRO DE VARIANTES 29
ATUALIZAÇÃO ORTOGRÁFICA E NOTAS 75
A FORTUNA CRÍTICA DE **BRÁS, BEXIGA E BARRA FUNDA**
E **LARANJA DA CHINA** 87
SELEÇÃO DE CRÍTICAS 89
BIBLIOGRAFIA 109

CONSIDERAÇÕES GERAIS

A edição fac-similar das obras que Antonio de Alcântara Machado publicou na década de 20 — **Pathé-Baby**, em 1926, **Brás, Bexiga e Barra Funda**, em 1927 e **Laranja da China**, em 1928 — tem como objetivo proporcionar ao leitor e ao estudioso de hoje o contato direto com os textos originais, em suas peculiaridades gráficas, tal como foram concebidos e concretizados segundo o ânimo do autor. A importância de se reapresentar desta forma obras que tiveram uma só edição em livro — a primeira e única em vida de A. de A. Machado — não precisa ser enfatizada na época atual, pois já estamos familiarizados com a palavra associada a outras formas de comunicação de caráter sobretudo visual. Desse ponto de vista podemos afirmar que obras como estas constituem objetos para serem lidos não só enquanto texto composto de palavras que encerram conceitos, mas lidos como um todo, no qual se integram aspectos verbais e não verbais. Todo que se desfigura, se desprezamos elementos de cunho diverso, inerentes aos de caráter verbal.

O estudo desses aspectos, que o autor utilizou conscientemente, é um ponto de nosso particular interesse, sobre o qual fizemos considerações em outra ocasião. No momento só chamamos a atenção para o texto tal como foi editado, para salientar que, antes mesmo da leitura, percebe-se o quanto é significativo o uso do espaço — criando blocos de composição, e o jogo claro-escuro — proporcionado pelo emprego de tipos variados: em negrito e caixa-alta — compondo a face profundamente harmônica, convidativa ao convívio mais prolongado com a leitura da obra. Face que se perdeu, nas edições correntes, que suprimiram arbitrariamente elementos vistos como dispensáveis, substituindo-os por outros como o uso de aspas ou grifo, por exemplo — que embora também enfatizem o conteúdo, no entanto não incorporam ao texto o elemento **cor** — como acontece com o negrito. Pior ainda é a supressão de espaços: ponto que analisado em profundidade se revela como significativo e em nada gratuito, na edição príncipes.

Esta volta às fontes — no caso a primeira e única edição em vida do autor — é tarefa urgente, antes de qualquer abordagem da obra, seja em estudo ou edição de divulgação ampla, pois não é o cunho popular que justifica a falta de fidelidade ao autor e ao espírito da época — intensamente reforçado pelo emprego de elementos visuais. Para falar da mais elementar das funções que a variedade de tipos desempenha, assinalamos a presença do letreiro incidindo no discurso do **autor-narrador**. É a realidade cotidiana do **leitor-transeunte**, nas ruas de São Paulo dos anos 20 que participa do contexto literário: nomes de casas comerciais, anúncios nos bondes, manchetes de jornais. Hoje o efeito imediato é o de permitir que se situem personagens e enredo na cidade de São Paulo, na década de 20 — mobilizando, para isso, antes de tudo a percepção visual do leitor atual — passageiro do tempo, que se faz também espectador, concretizando através da sua imaginação o que a leitura sugere. E ainda teve e tem a função de quebrar a linearidade da linguagem literária — interceptada por formas escritas mais próximas da oralidade, como, além do letreiro, são o cartaz, o convite, cartas, etc., inseridas no texto tal como se apresentavam. Não estamos tratando aqui da originalidade ou não, das fontes, etc., deste tipo de procedimento. Apenas queremos justificar o porquê da necessidade de restabelecimento de sua vigência enquanto elemento inseparável da obra, como criação do autor. No momento nos propomos a oferecer a um público maior a ocasião de contato direto com a obra em sua feição original, através de reprodução fac-similar — já que primeiras edições são raridades bibliográficas, acessíveis a poucos, pois não são de fácil consulta nem mesmo para o especialista. Poucas instituições as possuem e as conservam adequadamente — o que já é fato incomum à mentalidade brasileira, muito avessa a preservar devidamente a própria memória.

Se por um lado é importante conhecer a obra em sua feição original, por outro resultam questões de ordem prática, pois a reprodução fac-similar não permite atualizar a ortografia nem corrigir falhas de impressão — visto que as características gráficas todas se mantêm. Pensando num público mais amplo, que se interessa pelo autor, além do especialista, achamos conveniente acrescentar, além do registro de variantes provindas do cotejo de versões diferentes, anotações de dois tipos: a atualização ortográfica de todas as formas que sofreram alteração na grafia e a explicação de alguns termos que não estão ao alcance imediato do leitor de hoje, seja por serem muito situados no espaço, seja por terem perdido a vigência, caindo em desuso, por se referirem a coisas e locais que a modernização da cidade torna de difícil reconhecimento — mesmo para o leitor de São Paulo.

Feitas estas considerações passamos ao caso específico.

A ELABORAÇÃO DE BRÁS, BEXIGA E BARRA FUNDA

Ao que parece Antonio de Alcântara não tinha a intenção de escrever um livro de contos quando publicou Gaetaninho a 25 de janeiro de 1925, na Folha "Só aos domingos" do **Jornal do Comércio** de São Paulo, com ilustrações de Ferrignac. A 1.º de março, Carmela, que aparece na mesma folha também ilustrado, traz no final uma observação, ainda tímida, mas já reveladora dos projetos do autor: (De um possível livro de contos: Ítalo-Paulistas), nota que reaparece um pouco modificada junto ao último conto da série que teve versão em jornal — Lisetta, de 8 de março de 1925, sem ilustração: (Para um possível livro de contos: **ÍTALO-PAULISTAS**). A repetição da observação, com o título provisório enfatizado, em caixa-alta e. negrito, parecem confirmar com certa convicção o propósito esboçado após a publicação de Gaetaninho, pois este primeiro conto deve ter tido repercussões que entusiasmaram o escritor em potencial.

Depois destes três contos — Gaetaninho, Carmela e Lisetta — nada mais divulgou em jornal nessa linha. As crônicas de viagem que envia da Europa, em 1925, que reelabora e complementa para a edição em livro em 1926 — **Pathé-Baby**, cortam a produção de temática "ítalo-paulista", segundo a denominava o autor. Após a experiência definitiva de artesanato lingüístico, constituído pelo esforço de reelaboração das crônicas de **Pathé-Baby**, o autor provavelmente retomou o fio interrompido, escrevendo os demais contos e elaborando versões definitivas para Gaetaninho, Carmela e Lisetta.

A versão de Gaetaninho, em 1925, no entanto, não foi a primeira experiência do escritor, que já vinha se exercitando na imprensa há alguns anos; mas, este conto constituiu o primeiro resultado acabado de realização ficcional que revela a intenção do autor em construir uma personagem e um enredo. Por essa razão alguns relatos intermediários, entre conto e crônica, algumas experiências jornalísticas que ensaiam processos de ficção, foram por nós reunidos em volume à parte, por pertencerem a certa fase que julgamos preparatória do futuro escritor, pois as criações desta época se situam na raiz de sua produção quer como jornalista, ensaísta ou ficcionista, e se caracterizam pela indefinição.

Em carta de 17 de janeiro de 1927 para Prudente de Moraes, neto, diz Antonio de Alcântara Machado: "**Brás, Bexiga e Barra Funda** está pron-

Primeira versão de Gaetaninho, conto de Brás, **Bexiga e Barra Funda**. Ilustração de Ferrignac. **Jornal do Comércio**. S. Paulo, 25 de janeiro de 1925, página literária "Só aos domingos". (caderno de recortes do autor, do Instituto de Estudos Brasileiros da Universidade de São Paulo.)

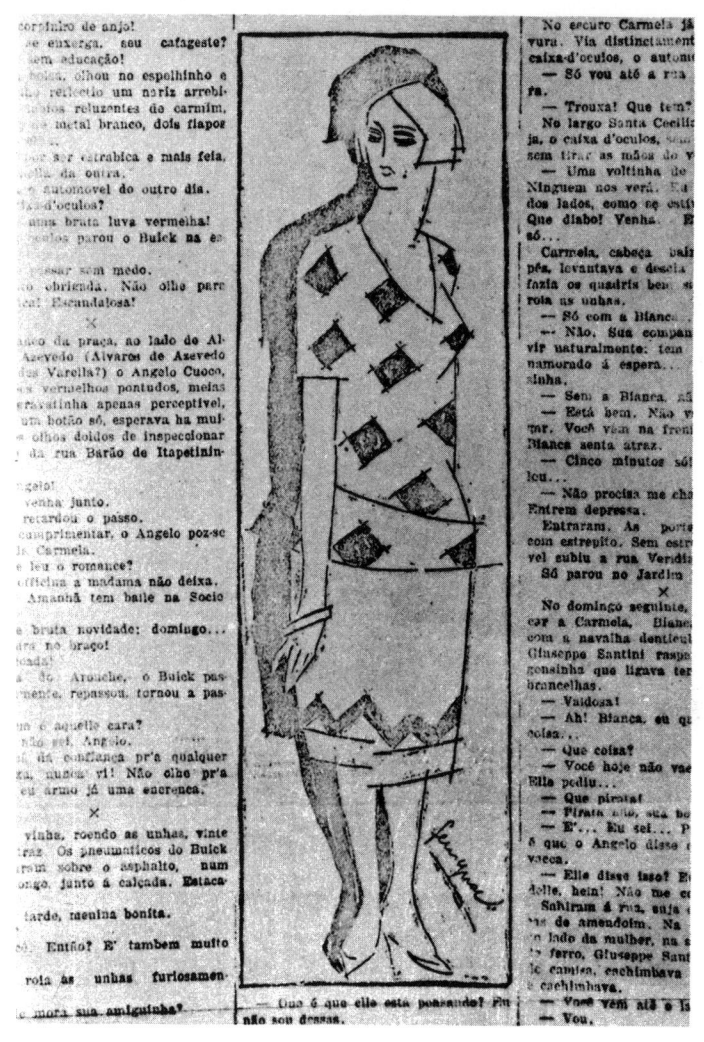

corpinho de anjo!
se enxerga, seu cafageste?
sem educação!
...boas, olhou no espelhinho e
... refletiu um nariz arrebi-
...los reluzentes de carmim,
... metal branco, dois flapes
...
... ser estrabica e mais feia,
...lha da outra.
... automovel do outro dia.
... d'oculos?
... uma bruta luva vermelha!
...culos parou o Buick na es

... assar sem medo.
... obrigada. Não olhe para
... cá! Escandalosa!
×
... co da praça, ao lado de Al-
Azevedo (Alvaros de Azevedo
dos Varella?) o Angelo Cuoco,
... vermelhos pontudos, meias
gravatinha apenas perceptivel,
um botão só, esperava ha muito olhos doidos de inspeccionar
... da rua Barão de Itapetinin-

... geta!
venha junto.
retardou o passo.
cumprimentar, o Angelo poz-se
... Carmela.
e leu o romance?
officina a madama não deixa.
Amanhã tem baile na Socio

e bruta novidade: domingo...
... ra no braço!
... ada!
... do Arouche, o Buick pas-
... mente, repassou, tornou a pas-

un é aquelle cara?
não sei, Angelo.
... da confiança pr'a qualquer
... nunca vi! Não olhe pr'a
... armo já uma encrenca.
×
vinha, roendo as unhas, vinte
... vez Os pneumaticos do Buick
... raum sobre o asphalto, num
ongo, junto á calçada. Estaca

tarde, menina bonita.

... Então? E' tambem muito
roia as unhas furiosamen-
... mora sua amiguinha?

No escuro Carmela já
vura. Via distinctamente
caixa-d'oculos, o automó...
— Só vou até a rua
...a.
— Trouxa! Que tem?
No largo Santa Cecili...
ja, o caixa d'oculos, sem
sem tirar as mãos do v...
— Uma voltinha de
Ninguem nos verá. E a
dos lados, como se esti...
Que diabo! Venha. E
só...
Carmela, cabeça baix...
pés, levantava e descia
fazia os quadris bem s...
roia as unhas.
— Só com a Bianca...
— Não. Sua compan...
vir naturalmente: tem
namorado á espera...
...inha.
— Sem a Bianca, a...
— Está bem. Não v...
nar. Você vem na fren...
Bianca senta atraz.
— Cinco minutos só!
leu...
— Não precisa me cha...
Entrem depressa.
Entraram. As port...
com estrepito. Sem estr...
vel subiu a rua. Verdi...
Só parou no Jardim

No domingo seguinte,
car a Carmela, Bianc...
com a navalha denticul...
Giuseppe Santini raspa...
gensinha que ligava ter...
brancelhas.
— Vaidoso!
— Ah! Bianca, eu q...
coisa...
— Que coisa?
— Você hoje não vae...
Ella pediu...
— Que pirata!
— Pirata não, seu bo...
— E'... Eu sei... P...
é que o Angelo disse
vacca.
— Elle disse isso? E...
delle, hein! Não me e...
Sahiram á rua, uma ...
... de amendoim. Na ...
... lado da mulher, na ...
... ferro, Giuseppe Sant...
... camisa, cachimbava
... cachimbava.
— Você vem até o Is...
— Vou.

Primeira versão do conto Carmela, de **Brás, Bexiga e Barra Funda**, publicado no **Jornal do Comércio**, S. Paulo, 1 de março de 1925, "Só aos domingos", com ilustração de Ferrignac.

tinho da silva. Por estes dias vai para o prelo. São dez contos ítalopaulistas". A 17 de março de 1927 a obra já estava editada, conforme carta: "Aí vai, Prudente dos meus pecados, o meu caçula Brás, etc. / Pra você e pro Rodrigo*. / Peço-lhe um favor deste tamanho: dentro de 2 ou 3 dias enviarei a você uma batelada de livros pros críticos, jornais e anexos literatos". Logo, do início ao fim da elaboração da obra decorreram dois anos — de janeiro de 1925 a janeiro de 1927. E o livro vem a público em março desse mesmo ano de 1927. Como houve a interrupção, com **Pathé-Baby**, escrito no decorrer de 1925, lançado em livro em fevereiro de 1926, é possível que a partir daí Antonio de Alcântara Machado tenha retomado os três contos publicados em jornal e completado, até o final do mesmo ano de 1926, a série de contos ítalo-paulistas que receberá o título definitivo de **Brás, Bexiga e Barra Funda**. Nesse mesmo tempo também escreveu matéria de temática diversa, que recolherá no volume seguinte, **Laranja da China**, publicado em 28. Logo, entre o segundo e o terceiro livros há diferenças de intenções, de objetivos, mas não propriamente de período de elaboração. O conto mais antigo recolhido em **Laranja da China** foi A dança de São Gonçalo, de dezembro de 1925, que terá seu nome alterado para A piedosa Teresa, na edição em livro de 1928. A questão das datas de elaboração dos contos de **Laranja da China** está explicitada com detalhes nos comentários ao volume que apresenta a reprodução fac-similar da obra em questão.

(*) Rodrigo de Melo Franco.

CRITÉRIOS DESTA EDIÇÃO

No registro de variantes seguimos as normas gerais das edições críticas formuladas por Antonio Houaiss, que já tivemos ocasião de utilizar em trabalhos similares. A aplicação conscienciosa das normas gerais não implica em rigidez, levando à adaptação segundo as características específicas da obra. A existência de duas ou três versões e de um manuscrito, por exemplo, já indicam por si, procedimentos especiais, conforme o caso. A primeira peculiaridade de uma edição fac-similar é a não-existência de um texto crítico, elaborado pelo editor-crítico.

Versões utilizadas para cotejo, do qual resultaram as variantes do **Brás, Bexiga e Barra Funda**:

A — Versão no **Jornal do Comércio**, São Paulo, ano de 1925, suplemento "Só aos domingos": Gaetaninho, 25 de janeiro; Carmela, 1.º de março e Lisetta, 8 de março — 1.ª edição pública, parcial.

B — Edição príncipes — única editada em vida do autor, publicada em 1927.

Ms. — Manuscrito, ao que parece utilizado para a edição em livro, apesar de algumas diferenças que supõem correções diretamente nas provas.

Feita a enumeração, passamos à descrição mais detalhada das versões.

A — Três contos publicados em jornal — primeira edição pública de uma pequena porção da obra, constituída em sua totalidade por doze contos. Os três textos apareceram em colunas. Dois deles — Gaetaninho e Carmela — com ilustração de Ferrignac, e, sem ilustração, Lisetta — todos na página literária do **Jornal do Comércio** de São Paulo, "Só aos domingos". Outras colaborações similares* do autor também saíram nessa página, mas não foram reaproveitadas, pois não se enquadravam na linha sugerida pelo título provisório do livro em projeto, timidamente anunciado na nota entre parênteses, que se seguiu ao conto Carmela (De um possível livro de contos: Ítalo-Paulistas), ligeiramente modificada, ao final do terceiro conto, Lisetta (Para um possível livro de contos: **ÍTALO-PAULISTAS**"); as divi-

---

(*) Cirilo e Virgens loucas, que incluímos no volume **A prosa preparatória de Antonio de Alcântara Machado**.

sões são assinaladas graficamente: cruzinhas no meio do espaço entre última linha de uma parte e a primeira da outra. Na 1.ª edição, B, aparece só espaço, como se pode observar no fac-simile. Nosso propósito inicial era apenas incluir as versões de jornal em apêndice, sem utilizá-las para cotejo, pois as modificações constatadas eram profundas e só tínhamos três contos com duas versões, anteriores à edição em livro. A descoberta do manuscrito (que descrevemos logo mais), nos permitiu a elaboração de variantes relativas a todos os contos, de modo que no caso de Gaetaninho, Carmela e Lisetta levamos em conta três textos e nos demais, apenas dois: o do manuscrito e o da primeira edição.

B — Edição príncips, que deixamos de descrever com detalhes por vir apresentada integralmente, com todas suas características e mesmo falhas — decorrentes da reprodução fac-similar, em volume à parte.

Ms. — Manuscrito do acervo Mário de Andrade, pertencente ao Arquivo do Instituto de Estudos Brasileiros da Universidade de São Paulo, que localizamos ocasionalmente só em 1979, quando já tínhamos preparada uma edição, que deveria ser fac-similar, sem registro de variantes, com apêndices, neles figurando os três únicos contos dos quais tínhamos versões anteriores, que descrevemos sob a sigla A.

Com a localização do manuscrito a tempo, antes de concluir a organização do volume, num golpe de sorte que muitas vezes acontece, entre tantas vicissitudes, é que pudemos empreender o trabalho detalhado de cotejo do manuscrito com a 1.ª edição, no caso de oito contos, e a comparação tríplice, no caso já mencionado, dos contos publicados em jornal. Feita esta observação, passamos à descrição do manuscrito.

Trata-se de uma série de folhas, em sua maioria papel almaço, e algumas de natureza diferente, em geral escritas na face e no verso, numeradas de 1 a 54, só nas páginas escritas, não considerando páginas em branco, abandonadas quando o final do conto não coincide com o final da página. Estão dentro de um envelope amarelo, no qual consta, em letra do próprio punho do autor, que reconhecemos por confronto com as cartas pertencentes a Francisco de Assis Barbosa, que as deixou em nosso poder para uso neste trabalho de reedições e estudos sobre o autor. A. de A. Machado escreveu, portanto, no envelope seguindo o mesmo esquema que consta da capa da edição em livro: Originais / do / "Brás Bexiga e Barra Funda" / notícias de / São Paulo / 1927 / oferecidas pelo autor / Antonio de Alcântara Machado / ao seu confrade / Mário de Andrade / des. 1930// Acompanhados desta / receita de "fudge": // (**Segue-se a receita do doce**). Logo, o autor ofereceu o manuscrito a Mário de Andrade três anos após a publicação do livro, que tinha saído em 1927.

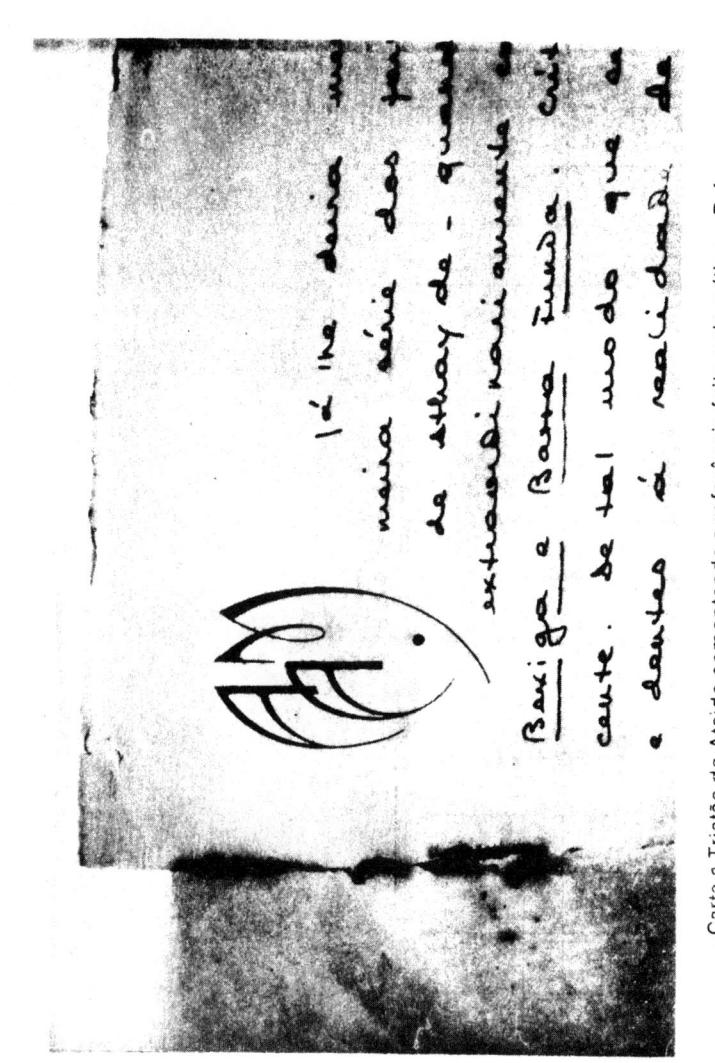

Carta a Tristão de Ataide comentando a referência feita pelo crítico a **Brás, Bexiga e Barra Funda**. Note-se o monograma de Antonio de Alcântara Machado. (Coleção particular de Francisco de Assis Barbosa).

Reprodução do manuscrito de **Brás, Bexiga e Barra Funda**.
(Instituto de Estudos Brasileiros da Universidade de São Paulo).

Reprodução do manuscrito de **Brás, Bexiga e Barra Funda** da Universidade de São Paulo). Note-se a preocupação do autor com a distribuição das palavras no espaço e com a variação de tipos a serem utilizados, indicados pelos grifos diferentes: um, dois, três traços.

As folhas numeradas, manuscritas, com exceção de uma recortada da revista **Novíssima**, sem data, aparecem na seguinte seqüência:

1 a 4 — Artigo de Fundo, seguido das epígrafes, dedicatórias (que em B aparecerão no início). Disposição gráfica e variedade de tipos, com indicação expressa do autor. (Ver ilustração).

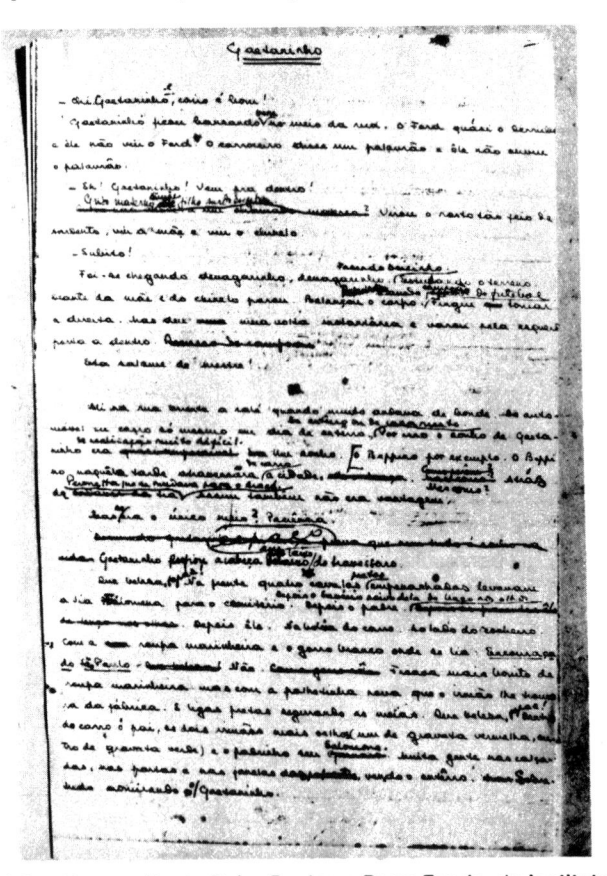

Gaetaninho. Manuscrito de **Brás, Bexiga e Barra Funda**, do **Instituto de Estudos Brasileiros** da Universidade de São Paulo.
Note-se a indicação de espaço, feita por sinais ou pela palavra **espaço** dentro de um balão.

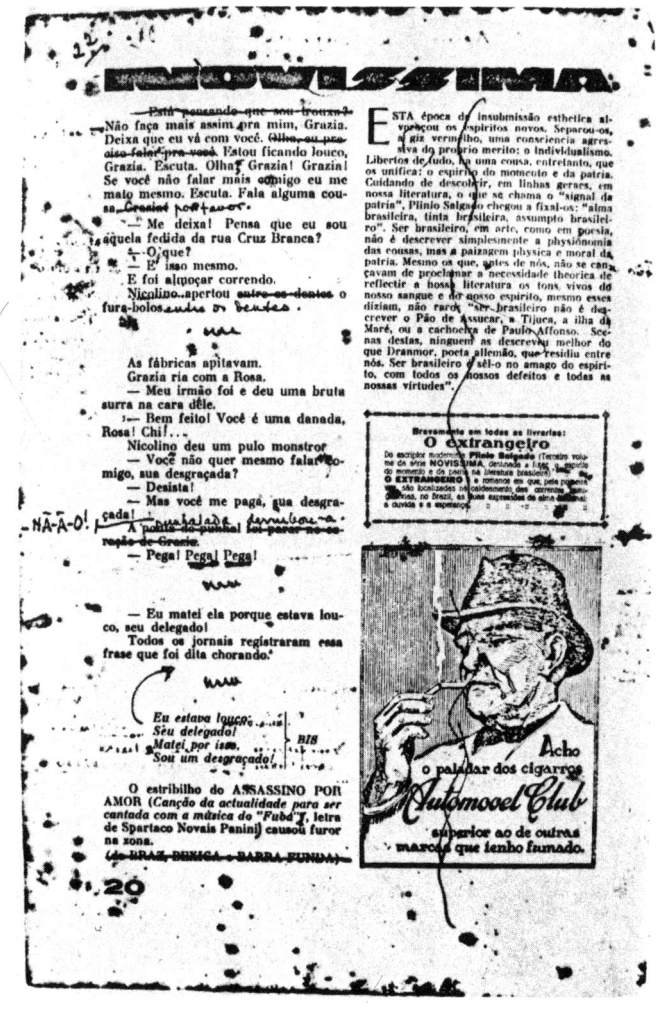

Versão do conto Amor e Sangue, em página avulsa da revista **Novíssima,** sem data, com correções do próprio punho do autor, incluída entre as demais manuscritas, servindo de original para a edição em livro. **Instituto de Estudos Brasileiros** da Universidade de São Paulo.

5 a 7 — Gaetaninho
8 a 12 — Carmela.
13 a 20 — Tiro de Guerra n.º 35 **(folhas de bloco, pautadas).**
21 a 22 — Amor e sangue **(Página n.º 19 e 20 da revista Novíssima, sem data)** com correções manuscritas.
23 a 26 — A sociedade.
27 a 29 — Lisetta
30 a 34 — Corinthians (2) vs. Palestra (1)
35 a 40 — Notas biográficas do novo deputado.
41 a 43 — O monstro de rodas.
44 a 48 — Armazém progresso.
49 a 54 — Nacionalidade **(folhas de bloco, timbrado:** "Machado & Rudge"/Rua Líbero Badaró, 87/1.º andar, sala 11/telephone Central, 5098/São Paulo.)

Características: embora manuscritos, trazendo correções, estes textos em sua maioria podem não ser a primeira versão — fora os casos incontestes dos três contos que tiveram edição pública antes, em jornal. Comparando-se os textos em papel almaço com os que vêm em folha de bloco, notadamente o último — Amor e Sangue — em papel timbrado do escritório de advocacia de Antonio de Alcântara Machado e outros, tem-se a impressão de que este conto em papel de bloco está em sua primeira versão pois está totalmente coberto de correções não só de palavras, mas modificações de lugar de partes inteiras, muitas delas riscadas e outras acrescentadas na margem, com flechas e cruzinhas indicando o local da inserção, em contraste com a **limpeza** relativa das demais folhas uniformemente elaboradas em letra facilmente legível, em papel almaço, face e verso, com muitas correções a nível do vocabulário, e não da estrutura. É notória e de importância, corroborando nossos propósitos, a comprovação de que as peculiaridades gráficas — variedade de tipos, espaços entre as partes, distribuição de palavras na dedicatória inicial etc. obedecem às indicações do próprio punho do autor, presentes no manuscrito, que tem as seguintes anotações: palavras sublinhadas com um, dois ou três traços — indicando variação do tipo (correspondendo a negrito, caixa-alta e negrito, em B, respectivamente); espaço — indicado por três cruzinhas riscadas no meio de um espaço maior que o conferido ao parágrafo normal; em certos casos aparece escrita a palavra **espaço,** dentro de um balão, em elipse, correspondendo a espaço, em B. Não é preciso argumentar mais sobre a questão da supressão de espaço, como detalhe supérfluo, em edições correntes, bem como a modificação da disposição das palavras na dedicatória, reduzidas à linearidade arbitrariamente — pois contrariam indicações do autor, comprovadamente.

De qualquer modo o Ms. em apreço foi utilizado, ao que tudo indica, como original para a impressão da edição de 1927, embora se possam cons-

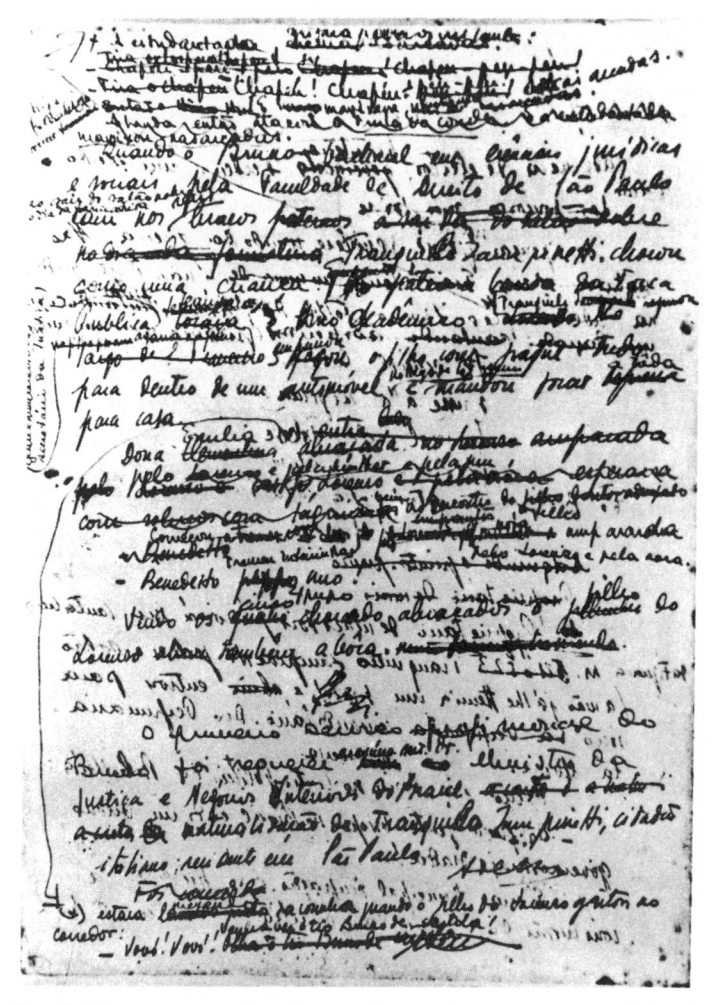

Folhas de bloco, entre as demais, em almaço, do manuscrito de **Brás, Bexiga e Barra Funda (Instituto de Estudos Brasileiros** da Universidade de São Paulo). Note-se o uso de flechas, indicativas de inserção de partes, no texto. O papel transparente deixa ver a escrita da outra face, dificultando a leitura. Parte do conto "Nacionalidade".

tatar algumas escassas alterações, talvez resultantes de correções diretas nas provas, feitas pelo autor, e que apontaremos oportunamente.

Este é o único manuscrito completo conservado de obra de A. de A. Machado, salvo a existência — possível — de algum outro, que até o presente desconhecemos.*

Para o registro de variantes adotamos critérios que oferecemos a seguir.

No canto esquerdo, no alto, consta a numeração por página, de B, e abaixo, a numeração por página segundo Ms. Os números em vertical correspondem à numeração por linha em B (1.ª edição).

As variantes de qualquer tipo-**supressão, acréscimo, substituição,** — são indicadas pelo registro em grifo seguido de explicação entre colchetes, feita pelo editor-crítico. A variante vem precedida e seguida de invariantes, que a recolocam no texto de B.

Só registramos variantes de A ou Ms., pois B está presente na reprodução fac-similar e é representado pelos números das linhas. Raramente faz-se necessário o registro de texto de B — quando alguma discrepância surge, talvez motivada pela correção direta nas provas.

Tipos de ocorrências freqüentes no Ms.

Palavras riscadas:

1 — escritas em parte ou por extenso, legíveis ou não.

2 — seguidas de forma definitiva — na mesma linha ou espaço — acima ou abaixo.

Palavras escritas depois:

1 — no meio ou no fim da linha (acrescentadas).

2 — entre duas palavras, com o sinal V (intercaladas).

3 — à margem, com asterisco ou flecha, indicando a inserção no texto.

Palavras escritas por cima de palavras grafadas anteriormente, por extenso ou em parte.

Sinais gráficos peculiares ao texto do autor, indicativos de parágrafo, inserção de palavras, espaços, ou apenas riscos.

(*) Localizamos um fragmento do manuscrito do romance inacabado *Capitão Bernini*, na secção de manuscritos da Biblioteca Mário de Andrade, que reproduzimos no **Boletim Bibliográfico** do Departamento de Bibliotecas Públicas do Município de S. Paulo, n.º 42, v. 4, 1981.

Diferenças entre o manuscrito e a 1.ª edição em livro, que só podem ter sido provenientes de modificações nas provas, desde que se considere o manuscrito como original da edição em livro — conforme tudo indica:

Artigo de fundo

B, p. 16, linha 14:	Ms.: poetas **classificaram** de B: poetas **xingaram** de
B, p. 16, linha 16:	Ms.: gente **desdedonha** — corrigido: B: gente desdenhosa
linha 32:	Ms.: raças. Entre B: raças **aventureiras**. Entre
p. 18, linha 64:	Ms.: membro livre **da** imprensa B: membro **da** livre imprensa

Carmela

B, p. 40, linha 148:	Ms.: cusparada daquelas. § **No escuro Carmela vê muito melhor: a igreja, o caixa d'óculos, o automóvel. A Carmela [riscado] [sinal de separação]** § — Eu só. B — Suprimido: daquelas. § — Eu só
B, p.41, linha 174:	Ms.: rua Veri**dana** B: rua Veri**diana**

Amor e Sangue

B, p. 61, linha: 16	Rev. **Novíssima**, acrescentando à mão, à margem: o **sol** estivesse. B: o **céu** estivesse.

A sociedade

B, p. 69, linha 6:	Ms.: quarto **jogando** a porta B: quarto **batendo** a porta
B, p. 71, linha 43:	Ms.: acompanhado (um furúnculo inflamou **providencialmente**) [riscado] o pescoço B: (abençoado furúnculo inflamou o pescoço)
B, p. 73, linha 127:	Ms.: Sob a minha [riscado] mia [acima] direção. B: sob a **minha** direção
B, p. 76, linha 151:	Ms.: família o B: família, o

Lisetta
B, p. 81, linha 10: Ms.: seda parecia
B: seda, parecia
linha 18: Ms.. esquerda depois
B: esquerda, depois

Corinthians (2) vs.Palestra (1)
B, p. 91, linha 84: Ms.: Ó-lh'a gasosa!
B: Ó...Ih'a gasosa!

Notas biográficas do novo deputado
B, P. 121, linha 24 Ms.: doente diverssos incômodos
B: doente diversos incômodos
p. 102, linha 35: Ms.: segunda-feira que
B: segunda que

O monstro de rodas
B, p. 115, linha 55: Ms.: Matar se medo
B: Matar sem medo
p. 118, linha 100: Ms.: num laço de fita
B: num lacinho de fita

Nacionalidade
B, p. 133, linha 8: Ms.: battaglia
B: bataglia
p. 136, linha 70: Ms.: candidato a terceiro
B: candidato do governo a terceiro.
p. 137, linha 87: Ms.: proprietário de quatro prédios **na rua Piratininga**, cabo
B: proprietário de quatro prédios **na rua do Gasômetro, dois na Rua Piratininga**, cabo
p. 138, linha 106: Ms.: Dona **Clementina** [riscado] Emília pouco ligou
B: Dona **Clementina** pouco ligou [**Em outras passagens, a alteração é mantida: Dona Emília**]

Obs.: — Como se pode constatar, há alterações de todos os tipos: supressão, substituição e acréscimo de pontuação, palavras soltas, expressões ou períodos. Não temos meio de saber com certeza quais foram as modificações feitas conscientemente pelo autor nas provas e quais resultaram de enganos na impressão. Por outro lado não podemos deixar de registrar as diferenças que observamos.

REGISTRO DE VARIANTES

B — Primeira edição em livro
Ms. — manuscrito

B, p. 7,
    linha 7 — Ms.: a victoria [riscado] ao triunfo [acima] dos novos mamalucos.
Ms.,p.4
    9 — Ms.: Antonio Augusto Covello. Pedro [riscado] Paulo [intercalado] Menotti del Picchia [risco ilegível] [Indicação de mudança para linha seguinte, conforme aparecerá em B].
    14 — Ms.:[Sinal indicando inversão de posição dos nomes] Sud Menucci — Francisco Mignone
    16 — Ms.: Teresa di Marzo — Bianco Spartaco Gambrini [acima] Italo Hugo.

B, p. 15 —
Ms. p.1

Artigo de fundo

    2 — Ms.: fronte bem ereta[riscado] altiva
    3 — Ms.: fundo. O atri [riscado] A fachada
    4 — Ms.: resto. Es [riscado] § Êste
    5 — Ms.: Êste livro naceu jornal. Estes contos [riscado] não nasceu [s acrescentado a naceu] livro: nasceu [s acrescentado a naceu] jornal.
    6 — Ms.: não nasceram [s acrescentado a naceram] contos: nasceram [s acrescentado a naceram] notícias.
    7 — Ms.: portanto artigo de fundo [riscado] acima: também não nasceu [s acrescentado a naceu] prefácio: nasceu [s acrescentado a naceu] artigo de fundo.
    9-10 — Ms.: [cruzes, riscos, indicativos de separação: espaço, em B]
    11 — Ms.: órgão [o sobre m final]

B, p. 16

13 — Ms.: da mescla [riscado o acento no e]
13 — Ms.: poetas cogn [riscado] classificaram de [intercalado] tristes.
B: poetas xingaram de [provável correção nas provas]
15 — Ms.: tristes. Depois [riscado] A primeira [sinal para indicar abertura de parágrafo]
16 — Ms.: gente e desdedonha [erro: desdenhosa]
17 — Ms.: mostrar suas vergonhas [sublinhado — aparecem em negrito, em B]
18 — Ms.: caravelas. E como [riscado] Logo
19 — Ms.: bem gentis [sublinhado]
20 — Ms.: mui pretos, compridos [sublinhado]
21 — Ms.: pelas espadoas [sublinhado]
22 — Ms.: espadoas [Indicação de abertura de parágrafo] E nasceram.
24 — Ms.: o sólo. E naceram os mamalucos da segunda fornada. Mas vieram [v maiúsculo por cima de v minúsculo] com ela [riscado] Trazendo [escrito acima de vieram, Vieram riscados]
B — solo e servir a gente. Trazendo
26 — Ms.: macumas. [sinal indicativo de parágrafo] [E nasceram [s acrescentado] os segundos mamalucos brasileiros [riscado].

B,p.16

29 — Ms.: Brasil. O colosso rolou [riscado]. Começou a [acima, riscado] O colosso começou a rolar [intercalado]. Depois parou. E as três raças ficaram tristes ficaram ainda mais tristes porque o coloss não tinham mais força para mover com o colosso [riscado].
30-31 — Ms.: [cruzes, riscos, indicativos de separação] [espaço em B.]
32 — Ms.: Europa a quarta cla [riscado] outras [acima] raças.
B — outras raças aventureiras. Entre [provável acréscimo nas provas]
32 — Ms.: raças. Raça [riscado] Entre elas uma [por cima] alegre

B,p.17
Ms.,p.2

33 — Ms.: terra paulista [intercalado] de São Paulo [riscado] cantando e que [riscado] na
34 — Ms.: como [aquêla] a sobre e de aquele [Tirou acento] raminho arbusformilis (?) [riscado] planta

também imigrante que **há duzentos anos** [intercalado] trouxe [riscado] vem [sobreposto] fundar a riqueza. **Tal qual** — [intercalado, riscado] brasileira. **O solo agradeceu a invasão operária. Do consórcio ligação dêle com** [riscado].

37 — Ms.: **dêle com** [riscado]. [Sinal de abertura de parágrafo]. Do consórcio.

41 — Ms.: mamalucos. [sinal de abertura de parágrafo] Nasceram [corrige nasceu] os [corrige: o] italianinhos [corrige intalianinho]. **Naceu o Brasileirissimo, paulista e bandeirante** [riscado].

42 — Ms.: [Sinal de abertura de parágrafo] O Gaetaninho **Nasceu** [riscado] [Sinal de abertura de parágrafo] A Carmela [Sinal de abertura de parágrafo] **Brasileiros e paulistas. Até bandeirantes.** [Intercalado] [Indicação de abertura de parágrafo] E o colosso.

46 -47 — Ms.: [**Riscos indicativos de separação. Espaço em B.**]

47 — Ms.: do **princípio** [riscado] **começo** [**por cima**] a arrogância.

49 — Ms.: Carcamano, pé de chumbo [**vírgula riscada**] Calcanhar de frigideira [C maiúsculo sôbre minúsculo]
Quem te deu a confiança [Q maiúsculo por cima de minúsculo].
De casar com brasileira? [D maiúsculo por cima de minúsculo].

B.p.18 53 — Ms.: **Hom'essa, a brasileira** [riscado] o pé.

55 — Ms.: A brasileira Per Bacco [riscado] A brasileira, per Bacco! § Mas.

56 — Ms.: § Mas **ficou quieto** [riscado] não disse nada. [**acima**]. **Para trabalhar. A nossa. E se Trabaintegrar lhou** [riscado]. Adaptou-se.

58 — Ms.: En [riscado] E o negro violeiro **cant gritou com entusiasmo** [riscado] **sincero** [**acima, riscado**] cantou assim [**acima**]

61 — Ms.: Viva a Italia [**riscado**] o Brasil [**acima**]

62 — Ms.: E [**riscado, ilegível**] bandeira [**do Brasil** [riscado] da Itália! [**acima**]

64 — Ms.: [**riscos, separação: Espaço, em B**].

63 — Bras, Bexiga e Barra Funda sendo o órgão dos ítalo-brasileiros da capital de São Paulo quer [riscado] como membro livre da imprensa que é [acima] tenta/B:membro da livre imprensa [Provável alteração nas provas]
65 — Ms.: trabalhadeira, [social- riscado] íntima [acima] e quotidiana [por cima de letras ilegíveis]
67 — Ms.: mestiços [nacionais e nacionalistas [intercalado]. É um.

Ms.:p.3 68 — Ms.: Notícia. Ese — [riscado] Só [por cima] Não comenta [riscado] tem partido nem cor [riscado] ideal [por cima]
71 — Ms.: aprofunda. Nas — [riscado] Em [por cima] suas

B,p.19 72 — Ms.: colunas não há — [riscado] se encontra [acima] uma única.
73 — Ms.: diversos. Factos corriqueiros do dia. **Episódios de rua** [riscado]. Acontecimentos. § Il **Inscrevendo** na sua primeira [riscado] de crónica **citadina** [riscado] urbana. Episódios de rua. [intercalado]. O aspecto.
75 — Ms.: dessa novíssima [intercalado] raça.
77 — historiador **que o analisará num livro** [riscado]. E será então analisado e pesado [acima] num livro.
82 — Ms.: ítalo-brasileiros **encarna que encarnam** [riscado] ilustres êste
82 — Ms.: aos às[riscado]á força
84 — Ms.: nova **raça** [riscado] fornada mamaluca. **São os nomes de São os nomes** [riscado]. São nomes.
85 — Ms.: de literatos, **jornalistas** [riscado] jornalistas [acima] **homens de ciência** [riscado] **cientistas** [acima], políticos, **esportistas, artistas** [intercalado] e industriais.
86 — Ms.: industriais, **que** [riscado] Todos eles [acima] figuram entre os que **impulsionam** [intercalado] e nobilitam.
89 — Ms.: São Paulo **Encarnam valentemente** são encarna [riscado].
89-90 — Ms.: [sinais indicando separação. Não há espaço em B].
92 — Ms.: A Redacção [em caixa alta] [em seguida assinatura:] A. de A.M. [riscada].

Ms., p. 5

B, p. 24

B, p. 23 Gaetaninho

1 — A: Gaetaninho... como
    Ms: Gaetaninho, como
2 — A: banzando no meio
    Ms.: banzando **bem [intercalado]** no meio
3 — A: rua. Um Ford passou e ele não viu o Ford.
    Ms.: O Ford quasi o derrubou e ele não viu o Ford.
4 — A: Ford um carroceiro lhe jogou um palavrão e
    Ms.: Ford. O carroceiro disse um palavrão e ele não ouviu o palavrão.
6 — A: — Gaetaninho! Vem já pra casa! § Virou.
    Ms.: — Eh! Gaetaninho! Vem pra dentro! § Grito.
    B. — dentro. § Grito.
7 — Ms.: **Quem não acode a um chamado materno?** [riscado] Grito materno sim [intercalado sem pontuação] Até filho surdo escuta. Virou
8 — A: casa! Virou para a mãe o rosto feio de sardento e viu um chinelo suspenso da destra maternal. § — Entre!
    Ms.: escuta. Virou o rosto tão feio de sardento, viu a mãe e viu o chinelo. § — Subito!
9 — A: Entre! § Gaetaninho foi-se chegando, aos bocadinhos. Diante.
    Ms.: — Subito! § Foi-se chegando devagarinho, devagarinho. **Fazendo beicinho [intercalado]** Estudando. **[d sobre letra ilegível]**
12 — A: Diante da mãe (Gaetaninho só via o chinelo) aplicou um dos seus recursos invencíveis de campeão de futebol.
    Ms.: Diante da mãe e do chinelo parou. Balançou o corpo. Recurso **[acima, sobre letras ilegíveis - tanto]** de jogador [riscado] campeão de **futebol [intercalado]**.
15 — A: Futebol: enveredou pela direita, parou inesperadamente, deu na ua meia volta vertiginosa, e desembestou pela esquerda, porta adentro. Oh!
    Ms. e B: futebol. Fingiu **que [riscado]** tomar a direita. Mas deu **uma [riscado]** meia volta instantânea e varou pela esquerda porta a dentro. **Recurso de campeão. [riscado]**. § Eta.
17 — A: dentro. Oh! salame de mestre! **[cruz]** Gaetaninho
    Ms.: dentro. § Eta salame de mestre! **[cruz riscada, indicando separação: espaço em B]** § Ali.

33

B, p. 24 19 — B: Ali... Paciência.
A: Gaetaninho... felicidade! [Trecho que em B vem a partir da linha 31. Houve alteração da ordem] Ali, na rua Oriente, a ralé só não anda a pé ou de bonde em dia de enterro: em dia de enterro anda de carro. Gaetaninho queria andar de carro. Para isso era necessário que, parente ou amigo de sua família, alguém morresse. Gaetaninho, então, no alto de uma boléa, daria uma volta triunfante pelos bairros ricos, caminho do Araçá. E se o cocheiro lhe deixasse carregar o chicote? Aí sim o triunfo seria completo. § Alguém precisava morrer. Quanto a isso não restava dúvida. Morrer... O prazer de Gaetaninho dependia de uma desgraça... É: de uma desgraça. Mas Gaetaninho lá queria saber de desgraças! O que ele queria era andar de carro, como o Beppino. Invejava o Beppino. § — Chi! Gaetaninho... como é bom! § Sonhava acordado. Ele.

Ms., p. 5 Ms.: [Igual a B quanto à inversão das partes]
21 — Ms.: de entêrro. De entêrro ou de casamento. [intercalado] Por isso.
24 — Ms.: era quasi impossível. Era [riscado] de realização muito difícil. [acima] Um sonho
26 — Ms.: [Sinal de parágrafo] o Beppino por exemplo.
27 — Ms.: atravessara de carro [intercalado] a cidade até a praça [riscado] Como porém? [acima, riscado] Mas como? [riscado] Mas como? [abaixo] Atras do cadáver da [riscado] da [por cima de o] tia Peronetta que se mudava para o Araçá. [intercalado]. Assim também não era vantagem.
30 — Ms.: Mas se [intercalado] era
30 — 31 Ms.: Dormindo Gaetaninho veri teve a prova que nem tudo é sonho na vida [riscado e escrito por cima: espaço, num círculo]
31 — A: Gaetaninho, nessa noite, sonhou (...) felicidade! [Esse trecho em A aparece entre: Mestre! [espaço] § [Ali, em B]
B. e Ms.: Gaetaninho enfiou [sobre parte de palavra ilegível — po] a cabeça debaixo [riscado] por [Acima riscado] em [acima] do travesseiro [riscos indicando espaço, não havendo, no entanto, espaço em B. Parece que o autor mudou o lugar do espaço na releitura, indicando-o acima por escrito. Ver 30-31]

33 — Ms.: Que beleza, **rapaz**! **[intercalado]**. Na frente quatro cavalos **pretos [intercalado]** empenachados levavam a tia Philomena **[F por cima de Ph]** para o cemitério. **[sobre letras ilegíveis]**
A: cavalos, com penachos, puxando o carro do defunto. Depois, o padre. Depois, os

35 — Ms.: cemitério. **Depois o Savério noivo dela de lenço nos olhos [escrito acima]** Depois o padre

35 — Ms.: padre. **Depois os parentes ele de lenço nos olhos [riscado] Depois o Savério noivo dela de lenço nos olhos. [intercalado]** Depois ele.
A: Depois, os parentes, de lenço nos olhos, **[vírgula em vez de ponto]** em seguida

37 — Ms.: depois ele. Na boleia **[i colocado por cima de bolea]**
A: Em seguida, o Gaetaninho, na boléa de um carro, ao lado do cocheiro! Ali **[Trecho de A que em B está na linha 19]** ... bom! § Sonhava acordado. Ele na boléa

38 — Ms.: cocheiro. Com a **sua [riscado]** roupa.
A: boléa, com a sua roupa

39 — Ms.: S. [ão **acrescentado]** Paulo. **Que beleza [riscado] Não. Com o gorro não [riscado]**. Ficava.
A: Paulo. Não. Ficava melhor de roupa marinheira, mas

42 — A: fábrica. Poria também as ligas pretas, para as meias não cairem sobre as botinas. Dentro.

43 — Ms.: Que beleza, **rapaz**! **[intercalado]** Dentro.

46 — Ms.: padrinho seu **Gennaro [riscado]** Salomone. Muita.
A: Seu Gennaro. Muita.

47 — Ms.: janelas **das casas [riscado]** dos palacetes **[por cima]** vendo
A: das casas, vendo

48 — Ms.: entêrro. Mas **[riscado] Sobretudo [s maiúsculo por cima de s minúsculo]**
A: entêrro e admirando o Gaetaninho.

49 — Ms.: admirando **[risco ilegível]** o **[intercalado]** Gaetaninho.
A: Gaetaninho. Entêrro? Não seria melhor casamento? Ora! Duas coisas tão parecidas! Cerimonial idêntico... § Gaetaninho ficou firme na idéia do entêrro. § — Chi! Gaetaninho... Como é bom! **[cruz]** § O jogo. **[Suprimido em Ms. e B.]**

B,p.26 50 a 73 — [Acrescentado em Ms. e B]
Ms., p. 6 51 — Ms.: ir segurando no [por cima de letras ilegíveis] chicote.
B: ir carregando o chicote.
52 — Ms.: cocheiro **não queria dar** [riscado] se negava, [acima] não queria deixar [intercalado] nem por dois minutos [riscado] um instantinho só.
54 — Ms.: Tia Philomena [F **por cima de Ph**]
55 — Ms.: cantar o **cuore ingrato** [riscado] Ahi, Mari! [h intercalado] acordou [riscado] todas as manhãs acordou

B, p. 26 58 — Ms.: **Gaetaninho quase chorou de ódio. Com a prova contrária: tudo é sonho na vida. O desaponto de Gaetaninho** [riscado] Primeiro ficou desapontado. Depois quase chorou de ódio [intercalado, abaixo] [Sinal indicando separação] § Tia
59 — Ms.: Tia Philomena[**corrigido**] Filomena teve
60 — Ms.: quando **Gaetaninho por vingança lhe contou** [riscado] soube [acima do sonho que tivera [riscado] de Gaetaninho. [acima].
60 — Ms.: Gaetaninho. **Tanto que Gaetaninho** [riscado]ele[riscado]. Tão forte que ele [acima] **sentiu remorsos** [riscado] sentiu remorsos [acima]
61 — Ms.: remorsos. [E resolveu substituir a tia por um **amigo do pai** [riscado] arranjou para si mesmo uma nova versão [riscado] E para socego da família **inquie** [riscado] **assustada** [riscado] alarmada com o agouro tratou logo de substituir a tia por outra pessoa numa nova versão de [acima, no espaço] seu sonho [intercalado] **Pensou, pensou, matutou, matutou** [acima riscado] escolheu [intercalado] o acendedor da Companhia de Gaz, seu Rubino, que uma vez lhe deu um cocre danado de [intercalado] doído.
68 — Ms.: **o ir** [riscado] Os irmãos (esses) [intercalado] é que [riscado] quando souberam da história **resolveram arriscar** [intercalado] Jogaram [riscado] de sociedade
69 — Ms.: Deu a cobra [riscado] vaca. [acima] E eles
71 — Ms.: não terem observado [riscado] haverem logo adivinhado **[por cima] logo logo** [riscado] que **não** [riscado] não podia deixar de dar a vaca mesmo [sinal, espaço] § O jogo.

36

B, p. 27   74 — Ms.: O jogo na calçada **era de** [riscado] pareceu de vida ou de morte.
            A: O jogo na calçada chegara ao seu auge.
            75 — Ms.: Gaetaninho **estava longe**. **Viajando dentro de sua idéia fixa** [riscado] [acima:] estava não estava **ligando muito para ele** [riscado] não estava ligando
            A: Gaetaninho parecia absorto
            77 — Ms. e B: Afonso, Beppino? § **Eu não** [riscado] Meu pai
            A: pai do Afonso.
            79 — Ms.: **Não atrapalha o jogo** [riscado] § O Vicente
            A: — Gaetaninho! Não atrapalha o jogo. § Larga.
            84 — Ms.: Larga o Beppino! § Gaetaninho voltou para o seu posto de guardião.
            A: — Assim não jogo mais! O Gaetaninho está atrapalhando! § Gaetaninho voltou para o seu posto de guardião. Tão cheio de responsabilidades. [Acrescenta ao final]
            87 — Ms.: **A bolinha de meia vinha vindo**. A bolinha de meia [intercalado] vindo entre nos pés do Nino [riscado] [Indicação de parágrafo]
            A: A bolinha n.º 1 estava no pé do Nino. Vinha vindo. Gaetaninho, com o tronco arqueado, as pernas dobradas, os braços estendidos, as mãos abertas, estava atento.
            § — Passa pro Beppino.
            90 — Ms.: Gaetaninho **se apron** [riscado] ficou pronto para a defesa. § — Passa

Ms., p. 7   94 — Ms.: muque **pegou** [riscado] Ele cobriu o guardião **sardento** [intercalado] e foi
            94 — A: Beppino deu uma escapada e com todo o muque meteu o pé na bola. A esphera passou alto, muito alto, por cima do guardião. Ficou pulando no meio da rua. § — Vá.

B, p. 28   99 — Ms.: **Trag** [riscado] Traga a
            101 — A: bola, um bonde
            B: bola um bonde
            103 — A: Gaetaninho [**cruz, espaço**] § As 16 horas
            104 — a 110 — [**Acrescentado**] Ms. e B
            108 — Ms. A vizinhança **lavou** [riscado] limpou com benzina **suas** [intercalado] roupas domingueiras. [**sinal indicando separação**]
            111 — A. e Ms.: às 16 horas
            B: As dezesseis [**por extenso**]

B, p. 29

111 — A: seguinte, saia um
　　　 Ms.: seguinte saiu um
112 — A: rua Oriente
　　　 Ms. e B: rua do Oriente
113 — Ms.: ia na boleia [**i colocado por cima de bolea**]
114 — A: frente, dentro
　　　 Ms.: frente [**vírgula riscada**] dentro
　　　 A: fechado, com
115 — Ms. fechado [**vírgula riscada**] com
118 — A: do pequenino cortejo, exibia
　　　 Ms.: na boleia [**i colocado por cima**] de [**e, por cima de o**] Segundos [**riscado**] dos carros [**s colocado depois**] **daquele minguo** [**riscado**] do [**intercalado**] cortejo mirim exibia **um** [**riscado**] soberbo
119 — A: vermelho, que
120 — A: gente, era
　　　 Ms.: gente era
　　　 [**assinado**] A. de A. M.

B, p. 33 Carmela

Ms., p. 8

1 — A: 18 horas e 30 minutos. Carmela sai da oficina. Bianca vem ao lado. § A rua.
　　 Ms.: Dezoito, [**acima**] + 9 horas e meia [**intercalado**] mais **nem menos** [**riscado**] um minuto porque a **Madama** [**intercalado acima**] [risco ilegível] respeita as horas de trabalho [**intercalado**] [risco ilegível] Carmela.
6 — A: depósito multicor de automóveis. As
　　 Ms.: depósito **multico** [**riscado**] sarapintado de [**riscado**] automóveis gritadores.
6 — A: As casas de costura (**Ao chic parisiense, Paris — São Paulo, Paris elegante** [**grifo, minúsculos**])
　　 Ms.: As casas de modas (**Ao chic...** [**grifo do autor**]
　　 B: [**Nomes das lojas em caixa alta e negrito**].
10 — A: riem, gritam e balançam os quadris.
　　 Ms.: riem, falam alto e [**riscado**], balançam os quadris como gangorras.
11 — A: § — Espie se
　　 Ms.: § — Espia se
15 — A: mesmo... § Que
　　 Ms.: mesmo. [**reticências riscadas**] § Que

B, p. 34

17 — A: Carmela, muito colado à pele, é de
　　 Ms.: Carmela [**vírgula riscada**] **color** coladinho [**por cima**] no corpo [**vírgula riscada**] é

18 — A: colo nu, pernas à mostra
Ms.: nu, **pernas** [riscado] joelhos **à mostra** [riscado] de fora [acima]. Sapatinhos
20 — A: marengo, provocando o apetite dos machos que passam. § Ai!
Ms.: marengo maduro para os lábios dos amadores. § Ai.
22 — A: § Ai! corpinho de anjo! § — Não
Ms.: § Ai que rico corpinho! § — Não
25 — A: § Abriu a bolsa, olhou no espelhinho e o espelhinho refletiu um nariz arrebitado, uns lábios reluzentes de carmim, duas bolas de metal branco, dois fiapos de sobrancelha. § Bianca.
Ms.: § Abre a bolsa e espreita o espelhinho **quebrado** [intercalado] que reflete a boca **brilhante** [riscado] **reluzente** [acima] de carmim primeiro, depois o [**por cima de letras ilegíveis**] nariz **arrebitado** [riscado] chumbeva, depois os **dois** [riscado] fiapos da [**por cima de das**] sobrancelha **depo** [riscado] por último as **duas** [riscado] bolas de metal branco na ponta das orelhas descobertas. § Bianca
30 — A: Bianca, por ser estrábica e mais feia, é a sentinela da outra. § — Olha
Ms.: Bianca [**vírgula riscada**] por ser estrábica e feia [**vírgula riscada**] é a sentinela da outra [riscado] companheira. § — Olha
34 — A: O caixa-d'óculos?
Ms.: O caixa [**hífen riscado**] d'óculos?
35 — A: vermelha! O caixa [**não abre parágrafo**]
Ms.: vermelha [**exclamação riscada**] § O caixa
36 — A: O caixa d'óculos [**falta de hífen**] [**ver linha 34**]
Ms.: O caixa [**hífen riscado**] d'óculos
38 — Ms.: praça. § Faz favor de [riscado] Pode [acima] passar.
40 — Ms.: obrigada. § Passa na pontinha dos pés. Cabeça baixa. sim mas muito [riscado] Mas [acima riscado] Mas [acima riscado] **Muito cheia de si** [riscado] **Toda nervosa** [intercalado]
42 — A: obrigada. Não olhe para traz, Bianca! Escandalosa! [cruz]
Ms.: Bianca [**exclamação riscada**] Escandalosa!
44 — A: [cruz] § Num banco da praça, ao lado de Álvares de Azevedo (Álvares de Azevedo ou Fagundes Varela?) o

Ms., p. 9

45 — Ms.: Varela [sinal ilegível riscado] o Ângelo Cuoco [vírgula riscada] de
A: Cuoco, de sapatões vermelhos pontudos, meias brancas, gravatinha apenas perceptível, paletó de um botão só.
Ms.: vermelhos **acab muito pontudos** [riscado] de pontas afiladas de ponta afilada [**corrigido por cima**] meias brancas, gravatinha **microscópica** [riscado] minúscula [**acima riscado**] deste tamanhinho, chapéu a **Harol** [riscado] Rodolfo [**f por cima do ph**] Valentino, paletó

48 — A: só, esperava há
49 — A: olhos doídos de inspecionar a entrada da rua Barão de Itapetininga
Ms.: olhos **extenuados** [riscado] escangalhados [**acima**] de inspecionar a rua barão de Itapetininga [**inga por cima de g**]

52 — A: Angelo! § Não venha junto. § Bianca
Ms.: O Angelo! § **Dá Dê** [**corrigido por cima**] o fora! [**acento e exclamação riscados**] § Bianca
53 — A: § Bianca retardou o passo. § Sem
Ms.: § Bianca retarda o passo. § Carmela
54 — A: passo. Sem a cumprimentar, o Angelo pos-se ao lado da Carmela. § — Você
Ms.: passo. Carmela **não para** [riscado] **continua no mesmo. Como se não houvesse nada** [acima] E o Angelo junta-se a ela.
Também... sorri. § Já [**acrescentado em B e Ms.**]
56 — Ms.: Também [**intercalado**] como se não houvesse nada. Só que sorri [**intercalado**] § — Já
58 — A: § — Você leu o romance? § — Na oficina a madama não deixa. § — É?
Ms.: § Você [riscado] já acabou o romance? § A madama

B, p. 36

61 — A: É? Amanhã
63 — A: novidade: domingo... Não
Ms.: domingo [**escrito por cima de letras ilegíveis**]
66 — A: Arouche, o Buick passou novamente, repassou, tornou a passar. § — Quem
69 — A: cara? § — Eu não sei, Angelo. § — Você
Ms.: cara? § — Como é que eu hei de saber? **Angelo?** [riscado]

40

Ms., p. 10

B, p. 37

B, p. 39

71 — A: um. Puxa, nunca vi! Não olhe pra
Ms.: um. Nunca vi, puxa! Não olha pra
71 — A: encrenca [cruz] § Bianca
Ms.: encrenca [sinal de separação] § Bianca
B: encrenca [espaço] § Bianca
73 — A: § Bianca vinha, roendo as unhas, vinte metros atrás. Os.
Ms.: § Bianca roe as unhas. Vinte metros atrás. Os
74 — A: Os pneumáticos do Buick escorregaram sobre o asfalto, num gemido longo, junto à calçada. Estacaram. § — Boa
Ms.: Os freios do Buick guincham nas rodas e os pneumáticos deslizam **junto da** [riscado] rente à calçada. E param [riscado] estacam. § — Boa
77 — A: tarde, menina bonita. § — Eu?
78 — A: — Eu? § Você. Então? É também muito bonita. § Bianca.
Ms.: § **Quem [intercalado]** Eu? § Porque não? Você mesma. § Bianca.
80 — A: § Bianca roia as unhas furiosamente. § Onde
Ms.: § Bianca roe as unhas **furiosamente** [riscado] com apetite. § Diga
81 — A: sua amiguinha? — Pegado
82 — A: § Pegado a minha casa.
Ms.: Ao lado de minha casa
84 — A: é a sua
Ms.: é sua
85 — A: casa? § Não sei. § — Ora não seja mazinha. Diga onde mora. § — Na rua
86 — Ms.: **Tenha** [riscado] O caixa d'óculos não se zanga. **Nem se**
126 — A: Carmela, antes de
Ms.: Antes de
126 — A: na irmã na
Ms.: da irmãzinha [sobre letras ilegíveis] na
127 — A: ferro abriu o
Ms.: na cama de ferro Carmela abre o
129 — A: Fascículo 1.º
Ms.: fascículo 2.º [sobre 1.º]
131 — A: 1.º. Procurou logo as gravuras
Ms.: umas tetéias [i sobre tetéas]
132 — A: gravuras. Que beleza! Todas coloridas... Considerou uma longamente. No fundo.

Ms.: gravuras. Umas tetéias. A da capa então é linda mesmo. No fundo.
132 — A: fundo, um castelo
Ms.: fundo, o **imponente** [intercalado] castelo
133 — A: plano, uma ladeira
Ms.: plano, a **íngreme** [intercalado] ladeira que
134 — A: Na ladeira, um cavalo em disparada. No cavalo um moço de gorro preto com plumas brancas.
Ms.: **Na la** [riscado] Descendo a ladeira **em** [riscado] numa [acima] disparada **louca** [intercalado] o **cavalo** [riscado] fogoso ginete [acima] **Montado** [intercalado] **No cavalo** [riscado] **no ginete** [por cima] **o moço de gorro preto** [riscado] pagem [riscado] o apaixonado **filho mais moço** [riscado] caçula do castelão inimigo de **gorro preto** [riscado] capacete prateado com

138 — A: brancas. E, amparada pelo cavaleiro, linda rapariga desmaiada, princesa e virgem, cabelos negros muito longos, que o vento jogava para trás. § Quando.
Ms.: brancas. E, atravessada (...) ginete a formosa [acima] donzela (...) cor de **sol** [riscado] carambola.

Ms., p. 11

B, p. 40

142 — Ms.: Quando **Carmela os olhos** [riscado] Carmela **reparando bem** [riscado] começa [**a sobre ou**] a **verificar** [acrescentado a ver] em **lugar do** [riscado] que o [intercalado] que o castelo **não é mais um castelo mas** [intercalado] uma igreja [**vírgula riscada**] o tripeiro Giuseppe Santini berra no

148 — A: cusparada ruidosa. No escuro Carmela já não via a gravura. Via distintamente a igreja, o caixa-d'óculos, o automóvel.
Ms.: cusparada daquelas. § No escuro Carmela vê muito melhor: a igreja, o caixa-dóculos, o automóvel. A Carmela [riscado] [**Sinal de separação**]. § — Eu só.
B: cusparada daquelas. [**espaço**] § — Eu só

149 — A: Só vou até a rua Sebastião Pereira. § — Trouxa!
Ms.: Eu [intercalado] só vou até a **rua das Palmeiras** [riscado] esquina da alameda Glete. Já vou avisando. § — Trouxa!

151 — A: Que tem?
　　　Ms.: Que é que tem? [escrito: espaço, com círculo ao redor] § No largo.
　　　B: Tem? [espaço] § No largo
152 — A: Cecília, atrás da igreja, o
　　　Ms.: Cecília atrás da igreja
153 — A: d'óculos, sem sair do Buick, sem tirar
　　　Ms.: d'óculos sem tirar as mãos do volante, insiste... — Uma voltinha
154 — A: cinco minutos. Ninguém
　　　Ms.: cinco minutos **só** [intercalado] ... Ninguém
156 — A: verá. Eu ponho as capas dos lados, como se estivesse chovendo. Que diabo! Venha. É um instante só...
　　　Ms.: verá. [reticências riscadas] Você verá. [reticências riscadas] **Eu ponho as capas dos lados**... [riscado] Não seja má. Suba aqui [açima] **Venha sim? Um instante só**... [riscado]
158 — A: Carmela, cabeça baixa, olhando os pés levantava e descia a cinta que lhe fazia os quadris bem salientes. Bianca
　　　Ms.: **Carmela cabeça baixa de vergonha** [riscado] Carmela olha primeiro a ponta **de** [riscado por cima] um [riscado] sapato **esquerdo** [intercalado] depois a do **outro** [riscado] direito [**por cima**], depois a do esquerdo de novo, depois a do direito, outra vez [**intercalado**] levantando e descendo a cinta **que é para os quadris ficarem bem salientes** [riscado] Bianca

B,p.41　161 — A: Bianca roía as unhas. § Só
164 — A: — Não. Sua companheira não pode vir naturalmente: tem também o seu namorado à espera... Venha você sozinha. § — Sem
166 — A: Sem a Bianca, não entro. § — Está
　　　Ms.: Sem a Bianca não **quero** [riscado] vou — § Está
167 — A: a pena brigar. Você
　　　Ms.: **Bom** [riscado] Está bem. Não vale a pena brigar por isso. Você
168 — A: Você vem na frente comigo; a Bianca senta atrás. § — Cinco.

43

Ms.: Você vem **aqui** [intercalado] na frente comigo [sinal ilegível riscado] [A maiúscula sobre a minúscula] Bianca senta atrás.
170 — A: § Cinco minutos só
Ms.: Mas [sobre cinco] cinco minutos só
174 — A: Entraram. As portas fecharam-se com estrépito. Sem estrépito, o automóvel subiu a rua Veridiana. § Só parou no Jardim Europa [cruz] § No domingo.
Ms.: Entram depressa [riscado] Depressa o Buick [sobre sinal ilegível, talvez au] sobe a rua Veridana [sic] § Só pára no Jardim América [cruz] § Bianca
176 — A: No domingo seguinte, quando foi buscar a Carmela, Bianca a encontrou com a navalha denticulada do tripeiro Giuseppe Santino raspando a penugenginha que ligava tenuamente as sobrancelhas. § Vaidosa!
180 — A: § Vaidosa! § Ah! Bianca
Ms.: Vaidosa! [riscado] — Chi, **que** [corrigido] quanta **eleg** [riscado] cousa **pra** [por cima de] para ficar bonita! § — Ah!

B,p.42   181 — A: eu queria dizer uma coisa . . . § Que
Ms.: eu quero dizer uma cousa pra você [reticências riscadas] § Que
184 — A: § — Você hoje não vai no automóvel. Ele pediu . . . § — Que
186 — A: § — Que pirata! § — Pirata
Ms.: Pirata!

187 — A: — Pirata não, sua boba. § — É . . .
Ms.,p.12   Ms.: — Pirata por quê? Você **é** [por cima] está ficando [intercalado] boba, Bianca. § — É
189 — A: É . . . Eu sei . . . Piratão! Por isso é que a
Ms.: É. Eu sei. Piratão [exclamação riscada]. E você, Carmela, sim senhora! Por isso
190 — A: Por isso é que o Angelo disse que você é uma vaca. § — Ele
Ms.: Angelo me disse que você está ficando mesmo [riscado ilegível] uma vaca. § Ele
B,p.43   193 — A: Ele disse isso?
Ms.: Ele disse assim? Eu
194 — Ms.:   conhece! § **Bianca** [ilegível] **recomeça a roer as unhas. Desta vez de pura indignação desaponto.**

E arrisc [linhas riscadas] § Pode ser, não é [intercalado]. Mas namorado de máquina não dá certo mesmo [sinal riscado ilegível] § Não é juízo, não. Despeito só. Só [intercalado] despeito [riscado]

194 — A: conhece! Sairam [em seguida]
Ms.: [escrito: espaço, dentro de um círculo]. Em B, espaço. § Saem.

Ms.,p.12   197 — A: Saíram á rua, suja
Ms.: Saem à rua [riscado] da vila [intercalado, riscado] rua suja

198 — A: amendoim. Na calçada, sentado ao lado da mulher, na soleira do portão de ferro, Giuseppe Santini, em mangas de camisa, cachimbava e cuspia, cuspia e cachimbava. § — Você vem até o largo, Bianca? — Vou. [cruz] § Só.

Ms.: amendoim. No degrau de cimento [intercalado] da porta [riscado] ao lado da mulher cos fazendo ocupada em fazer um par de meias bem vermelhas [riscado] cor roxas roxa [encima riscado] Giuseppe Santini, ocupado [riscado] Torcendo [por cima de torcer] o chumaço os fiapos]riscado] da belezinha que por [riscado] do queixo [acima] vaidade ancestral consersa no queixo junto à orelha esquerda cachimbava e cospe [riscado] cospe cachimba, cachimba e cospe [acrescentado]

202 — A: Você vem até o largo, Bianca? § — Vou.
Ms.: — Vamos dar uma volta, Bianca [riscado] até a praça Marechal [riscado] rua das Palmeiras, Bianca? § Vou [riscado]. Andiamos. [sinal indicativo de separação]. § Depois.

205 — A: § Só depois que seus olhos cheios de estrabismo e inveja (imensa!) viram a lanterninha vermelha do Buick desaparecer é que Bianca, roendo as unhas, imaginando coisas, resolveu dar um giro pelo bairro. § Logo.
Ms.: Depois que seus olhos cheios de estrabismo e indig - raiva [riscado] despeito [acima] vêm desaparecer [riscado] a lanterninha

207 — A e Ms.: Imaginando cousas. Roendo as unhas. Muito [riscado] Nervosíssima [por cima de nervosa]. § Logo.

45

		A: Logo encontrou a Ernestina. Contou tudo à Ernestina. § — E o.
		Ms.: encontra a Ernestina. Conta tudo.
	212	A: E o Ângelo?
		Ms.: E o Ângelo, Bianca?
B,P.43	213	A: O Ângelo? O Ângelo é outra coisa. E pra casar. § — Ahn!
		Ms.: O Ângelo é outra coisa.
	215	Ms.: Ahn! . . . [acrescentadas reticências]
B, p. 47		Tiro de Guerra n.º 35
Ms.,p.13		Tiro de Guerra n. 35 — [título colocado acima] A Defesa da pátria [riscado]
		Ms.: folhas avulsas (de 13 a 20)
	6 —	Ms.: sem querer e **em** [riscado] é o país
	8 —	Ms.: seu **Serafim** [riscado] o professor seu Serafim ao encerrar as aulas [**sinal, semi-círculo, acima, com n.º 2, indicando mudança de ordem**] Todos os dias [**semi-círculo, com n.º 1**] limpava
	10 —	Ms.: canivete (brinde do chalé da Boa Sorte) [**intercalado**] e dizia
	12 —	Ms.: Pensamos [riscado] Antes de nos separar os, meus jovens discentes [**escrito acima**] meditemos [**m minúsculo sobre M maiúsculo**] alguns [riscado, em parte] instantes **meus jovens discentes** [riscado e colocado no início] no porvir de nossa idolatrada pátria [**p minúsculo sobre P maiúsculo**]
	15 —	Ms.: Depois regia o hino nacional [**h e n minúsculos sobre H e N maiúsculos**]. Depois [riscado] Em seguida o da bandeira [**b minúsculo sobre B maiúsculo**]
B,p.48	20 —	Ms.: Serafim [**sinais — três cruzes — riscados, indicando espaço**]
	24 —	Ms.: do Grupo [**G sobre g**]
	25 —	Ms.: muita **preguiça** [riscado] malandrice. Entrou
	25 —	Ms.: Entrou para o Juvenil Flor de **ouro** [riscado] F. C. Prata [**sobre ouro**] Reserva do primeiro quadro [**correção sobre: primeira esquadra**]
Ms,p.14	29 —	Ms.: O tenente não passou [**riscado**] apareceu. Estreou
	31 —	Ms.: mais moça (**sem contar a Joaninha**) [**intercalado**] Amou
	33 —	Ms.: Apanhou do **irmão** [riscado] primo da Josefina. **Tomou** vingança [**acima**]. Ajudou a

	34	— Ms.: Fanfulla que [riscado] porque ele [acima, riscado] que [acima] falou mal
	35	— Ms.: **Quis ser sonhou** [riscado]. Teve
	35	— Ms.: ambições. **Uma delas** [riscado]: Por exemplo: [acima]
B,p.49	36	— Ms.: Queirolo. **Ninguém soube. Não as confiou a ninguém** [riscado]. Quase.
	37	— Ms.: **Um dia fez vinte anos** [riscado] § E fez vinte anos no [sobre num] dia chuvoso [. . .] polícia. [Acrescentado a seguir, com tinta escura] [sinais: três cruzinhas riscadas, indicando espaço, que aparece em B]
Ms., p.14	49	— Ms.: claxon do [sobre **clácson**] do ônibus [corrige: **mn passa a n**]
	52	— Ms.: vida. [sinais — três cruzes, riscadas — indicando separação] [espaço em B] § Um
B,p.50	55	— Ms.: Mlle Miosotis **Branco** [riscado] Branco [intercalado, riscado] sob o título de [acima] Indiscreções
Ms., p. 15	57	— Ms.: visto **todos os dias às oito** [riscado] entre vinte e vinte e uma [intercalado] horas
	60	— Ms.: senhorinha **Z F R** [riscado] F. R. em [linhas grifadas pelo autor]
	65	— Ms.: Miosotis **pedir** [riscado]
	67	— Ms.: Aristodemo à **Pátria** [riscado] entre
	68	— Ms.: Sim porque [riscado] ele [sobre letras ilegíveis, riscado] retratava (?) [riscado] conhecimento com a Pátria o Brasil [riscado]
	70	— Ms.: sorteio envergava [riscado] ostentava **agora** [intercalado] a farda
	72	— Ms.: n. 35. § **Tá- tarará. Ai, ai, que remédio? Tum-tum, tum-tum** [riscado] [sinais: três cruzes, riscado, indicação de espaço]. §
B,p.51	73	— Ms.: **Esquadra!** [riscado] Companhia! [acima]
Ms.,p.16	74	— Ms.: Municipal o **pessoal** [riscado] Tiro [acima, riscado] pessoal evoluía
	77	— Ms.: parados aos montinhos [acrescentado com outra tinta] aqui, ali, **acolá** [riscado] à direita, à esquerda [acima, intercalado] lá, atrapalhando.
	79	— Ms.: Volver [riscado em parte] . . . ver!
	80	— Ms.: **O sargento instrutor cearense com apitava** [linha riscada]. § O sargento cearense clarinava [sobre clarinou] as [s acrescentado] ordens marciais

		[riscado] ordens de [acima] [riscado ilegível] comando. Corria [riscado]. Puxando pela rapaziada
	92 —	Ms.: esquadra. [sinais: três cruzes riscadas, espaço]
B,p.52	97 —	Ms.: arrebatava os povos [riscado] qualquer um § Aristodemo
Ms.,p.17	102 —	Ms.: o hino nacional [h e n minúsculo sobre H e N maiúsculo]
	106 —	Ms.: dele que é [riscado] para
	107 —	Ms.: Abom [sinais separação] § Aristodemo
	109 —	Ms.: levou cinqüenta [riscado] um colosso de [acima] cópias
	110 —	Ms.: o primeiro [intercalado] ensaio foi logo a [em cima de de] noite.
B,p.53	112 —	Ms.: que está ruim [riscado]. Parem que [acima, intercalado] assim não presta não [intercalado]. Vocês nem parecem patriotas [riscado]. Falta patriotismo [riscado] Falta patriotismo. não vai não [riscado] Vocês.
	114 —	Ms.: brasileiros. [Exclamação riscada] Vamos ver isso com muito entusiasmo! [riscado] Vamos! [acima].
Ms., p. 18	117 —	Ms.: não. Que esperança [riscado] Retumbante tem que estalar, criaturas [riscado] pessoal, tem . . . que estalar [riscado] retumbar
	120 —	Ms.: palavra . . . como é que se diz mesmo . . . é palavra . . . onomatopaica: Re-tumban-te! [grafia modificada, em B para retumbante, caixa-alta, sem hífen]. E as pessoal [riscado] criaturas [acima] ribombaram [riscado]
	121 —	Ms.: o hino [riscado] estro [riscado] hino [acima] rolou
	125 —	Ms.: raios ful [acrescentado sobre reticências]
	128 —	Ms.: Para [riscado] Que isbregue
	130 —	Ms.: um tabefe [acento no e riscado]
B,p.54	133 —	Ms.: o ensaio. [exclamação riscada] Dis . . . pensar! [riscado] Podem debandar. [acima] [riscos, indicando espaço] § — Eu
	135 —	Ms.: sargento! Por Deus do céu! [intercalado]. Um
	138 —	com o hino [h minúsculo sobre H maiúsculo]
	142 —	Ms.: um da esquadra [sobre esquadria]

	143 — Ms.:	cantar o **alemãozinho** [riscado] ele [acima] dava
	148 — Ms.:	porque **era** [riscado] então era um . . .
	151 — Ms.:	Ofendi **feio** [riscado] mesmo. Por Deus do céu [intercalado]. Então
B,p.55	153 — Ms.:	eu **havia dito** [riscado] disse. [acima]
	158 — Ms.:	**justitia como diziam os antigos romanos.** [intercalado] Confie [sinais indicando espaço]
	160 — Ms.:	Ordem do dia [sublinhado duas vezes pelo autor]
Ms.,p.19	162 — Ms.:	pelo **exmo.** [intercalado] snr. dr. presidente deste [e **por cima de a**] linha de [riscado] Tiro
	164 — Ms.:	deplorável **acidente** [riscado] fato ontem suced [riscado] acontecido nesta sede [acento riscado]
	172 — Ms.:	nacional **visto as o ter** [riscado] pelas injúrias infamérrimas [**por cima de infames**] que ousou levantar [riscado] levantar [acima] contra
	173 — Ms.:	honra **da muit** [riscado] imaculada
B,p.56	175 — Ms.:	**Mãe, brasileira** [riscado] **acrescendo** [. . .] **hino** [ilegível, riscado] **nacional.** [trecho acrescentado acima da linha]. Comunico.
	180 — Ms.:	alicerce **em** [por cima de letras ilegíveis] que se levanta ergue ufana [riscado] **altaneira** [riscado, acima] firma [acima] toda
Ms.,p.20	182 — Ms.:	n. 117, **único** [intercalado] responsável
	183 — Ms.:	equimoses **mais ou menos** [riscado] graves
	184 — Ms.:	dia **a partir desta data** [intercalado] Dura
	194 — Ms.:	desta sede [e **com acento agudo** riscado] o jogo
	194 — Ms.:	aqui só **se** [riscado] devemos [**completa deve**] da defesa **sagrada** [riscado] da Pátria! § **Soldados, nós somos** dela a guarda! Sursum corda [riscado] [Indicação de separação] § Aristodemo/ São Paulo, 23 de agosto de 1926
B,p.57	199 — Ms.:	Guggiani **abandonou** [riscado] logo depois a **companhia** [riscado] apresentou sua [acima] pediu [riscado] demissão.
	202 — Ms.:	sob [**por cima de com**] aplausos e a conselho [intercalado] do sargento.
	206 — Ms.:	E serve na mesma linha está claro [riscado] **Sempre na** [acima, riscado] Está claro que [riscado] Na [N maiúsculo sobre n minúsculo] mesma linha: assinado]: A. de A. M.

B, p. 61 Amor e sangue
Ms., p. 21 Amor e sangue [**sublinhado com dois traços**] o drama passional do italianinho[**riscado**]
1.ª versão — Páginas 19 e 20 da **Revista Novíssima**, sem data e sem número, na qual o autor publicou o conto. Numerou e colocou entre as folhas manuscritas.
R: versão de revista C.M.: Correção manuscrita
p.22 — numerada a mão
Título, nome do autor
p. 23 - [**Numerada à mão**]
Novíssima [revista], p. 20
No final; (do Brás, Bexiga e Barra Funda).
Artigo e propaganda, ao lado; no meio — poema de Cassiano Ricardo.

  7 — R: — Pronto! Quatrocentão
       C.M.: Fica por quatrocentão
  8 — R. Tomate podre
       C.M.: — Mas é tomate
11 — R. ITALIANA pareciam de ouro. Por causa
       C.M.: ITALIANA eram de ouro por causa
13 — R: derrapou, dançou, continuou
       C.M.: derrapou, maxixou, continuou
15 — R. Machado. Que morte na alma. Senhor. § — Ei

B, p. 62
16 — C.M.: à margem: Não adiantava nada que o **sol** estivesse azul porque a alma de Nicolino estava negra. [**espaço,** escrito dentro de um círculo]. — Ei
B: o **céu** estivesse azul [**corrige**]
18 — R. — Ei Nicolino! NI-CO-LI-NO! [**Correção**] [**Risca o 1.º hífen**]
B: NICOLINO [**sem hífen**]
19 — R. Que é? § A Grazia
       C.M. — Que é? § — **Você está ficando surdo, rapaz!**
A Grazia [**acrescentado acima**]
22 — R. Desgraçada
       C. M. [**Indica colocação de hífen**]Des-gra-ça-da
23 — R. Amanhã prá nós contra
       C.M. Amanhã **prá nós[riscado]** contra
26 — R. fita. § Ciao
       C.M. fita, rapaz! Você...§ Ciao
30 — R. defesa. § Ah Grazia, Grazia!
       C.M. defesa. § **Ah Grazia, Grazia** [**riscado**]. A desgraçada já havia passado [**acrescentado**]

B, p. 63   33 — R. [três cruzinhas]
C.M. [risca as cruzes]
B. [não faz espaço]
R. reis. § — Bom dia!
C. M. réis. Serviço garantido [acrescentado]. § — Bom dia!
36 — R. d'Amore não deu
C. M. Amore nem deu
40 — R. Salvador nem ligou
C.M. Salvador **nem** [riscado] nem ligou
41 — R. E a navalha deslizava sobre o amolador. § O [riscado] C. M. [sinal indicando parágrafo] A navalha ia e vinha no couro esticado [**a margem**]
42 — R.[**sinal indicando parágrafo**] — São Paulo (...) contos! [**a margem**] § O Temístocles
47 — R. burro! Você
C. M. burro. [**riscada a exclamação**] você
50 — R. Parece que
C.M. — Mas parece [**p minúsculo sobre P maiúsculo**]
52 — R. nada! Bandido!
C.M. nada, seu! Bandido!
54 — R. juri indecente. Salvador
C.M. indecente, **meu deus do céu!** []escreve à margem] Salvador,
B, p. 64   56 — R. Salvador, este
C.M. Salvador... — cuidado (...) espinha — ...[**intercalado**]
58 — R. já ouvi dizer [**riscado**]
C.M. Todos dizem
59 — R. **sentado no fundo** Nicolino **só escutava** [**riscado**]
C. M. fingia que não estava escutando. E assobiava a Scugnizza [**acrescentado em baixo**]
R. [**três cruzinhas riscadas**] § As
62 — R. Quando Grazia o **viu** abaixou [**riscado**]
C.M. Grazia **deu com ele** abaixou [**acima**]
Ms., p. 22   66 — R. **Está pensando que sou trouxa?** § Não
C.M. [**riscado parágrafo**] § — Não
67 — R. **você? Olha, eu preciso falar prá você.** Estou [**riscado**]
C. M. você. § Estou
68 — R. Escuta. Olha! Grazia
C. M. Olha [**elimina a exclamação**] Grazia!

51

B, p. 65

70 — R. cousa, Grazia! § — Me
C. M. Grazia! por favor. § — Me
77 — R. Nicolino apertou **entre os dentes** o fura-bolos [riscado]
C. M. apertou o fura-bolos **entre os dentes três cruzes riscadas** § As
89 — R. desgraçada! § A
C.M. desgraçada! § — NÃ-Ã-0! [acrescentado] § A
91 — R. A ponta do punhal foi parar no coração de Grazia § — Pega
C.M. A punhalada derrubou-a. § — Pega!
92 — R. Pega! Pega! Pega! [sublinhado com dois traços] [Negrito e caixa-alta em B] [três cruzes riscadas] § Eu matei

B, p. 66

96 — R. chorando. [três cruzes riscadas] § Eu estava
103 — R. Fubá"), letra de Spartaco Novais Panini, causou
C. M. Fubá", letra de S. N. Panini) causou
R. (do **Brás, Bexiga e Barra Funda**) [riscado]

B, p. 69 A Sociedade

Ms., p. 23

6 — Ms.: quarto jogando a
B: quarto batendo a [**provável correção nas provas**]
9 — Ms.: fraque. [sinais riscados]
B: espaço
10 — **Ms.: cláxon [por cima de klakson]**
11 — Ms.: e [emp[riscado] trouxe

B, p. 70

14 — Ms.: enluvada **suspendeu** [riscado] cumprimentou
25 — Ms.: ar **eu** [sobre letras ilegíveis] posso
27 — Ms.: vermelhinho, **de dois lugares** [riscado] resplendente, [acima] pompeando
28 — Ms.. vestido de [**o sobre e**] Camilo, verde **colado** [riscado] grudado [acima] à pele
31 — Ms.: pai **quando ele chegar!** [sumprime a exclamação depois de pai e acrescenta]
33 — Ms.: que vida, [exclamação riscada] Meu Deus!
36 — Ms.: ainda. **Muitas vezes** [riscado]. Estranhou
37 — Ms.: Paulista [sinais indicando espaço]
B: espaço

B, p. 71

41 — Ms.: **[do meio para o fim da linha, grifada, deixando uma linha em branco]** Dizem (...) Belém. § Porque

52

	43	— Ms.: acompanhado (um furúnculo inflamou providencialmente [riscado] o pescoço...) B: acompanhado (abençoado furúnculo inflamou o pescoço...)
Ms., p. 24	49	— Ms.: círculo **cerrado triste** [riscado] palerma [por cima]
	50	— Ms.: A orquestra preta tonitroava. **[Vozes e sons]** [riscado]
	52	— Ms.: Palmas **contentes** [intercalado] prolongaram **[dobre letras ilegíveis]** o maxixe.
B, p. 72	58	— Ms.: **[do meio para o fim da linha em grifo, seguido de linha em branco]** § As
	59	— Ms.: de **joelhos à mostra** [riscado] ancas salientes
	61	— Ms.: os rapazes **[por cima de letras ilegíveis]**
	65	— Ms.: turururu **[m final riscado]** — turururum! **[m sobre letras - u, repetido?] [ilegível]**
	71	— Ms.: a destra **[s sobre x — dextra]**
	72	— Ms.: do catedrático ena [riscado] o engasgou
	74	— Ms.: criou! **[sinais riscados indicando espaço.** § — Olhe
B, p. 73	77	— Ms.: o olho da **[letra sobre outra, ilegível]** para ele, compreendeu? **[c remontado]**
	79	— Ms.: sei. **[palavra espaço escrita entre as linhas, dentro de círculo]** § Mas.
	80	— Ms.: Mas era **[letra remontada]** cousa muito diferente [riscado] diversa. § O
	81	— Ms.: algarismos torcendo **[to sobre letras ilegíveis]**
B, p. 74	93	— Ms.: Repetiu [riscado] renovou
	95	— Ms.: herança. **Completamente abandonados** [riscado] Não lhe davam renda alguma
	97	— Ms.: lado. **[parênteses riscado]** 1.200 teares. 36.000 fusos.
		Entravam em combinação [riscado] Constituiu **[sobre constituindo]** uma
	100	— Ms.: os cinco [riscado] trinta **[acima]** trinta alqueires e vendiam logo **[intercalado]**
	102	— Ms.: Lucro certo, **mais que certo [intercalado]** garantidíssimo.
	111	— Ms.: O conselheiro coçou **[sobre coçando]** os joelhos, teve a impressão que [riscado] disfarçou **[acima, por cima de disfarçando]** a emoção **[acima]** o capital se esparramava [riscado] sem conseguir **[riscado, acima]** Acompanhou com os olhos

[riscado, acima] seguiu [riscado, acima] [letras ilegíveis, acima] e se alastrou [riscado] a fumaça [acima] que se [riscado] encaracolada que foi [riscado, acima] crescendo, sobrando [riscado] se esborrachar no teto, [riscado, acima] da poltrona, crescendo e aumentando, e se refulgindo **crescendo, crescendo, cada vez mais, e refulgindo. Um sonho. Um sonho de caçador de mil réis ni dinheiro** [trecho riscado] A negra de óculos [riscado] broche serviu o café [acima]. § — Doppo

113 — Ms.: resposta. Pense bem [riscado] Io só digo isto. Pense bem [**exclamação riscada**] § 0

B, p. 75

127 — Ms.: Sob a minha [riscado] mia [acima] direção [**vírgula riscada**] si capisce
B: Sob a **minha** direção [**Alteração nas provas**]

132 — Ms.: desviou [**sobre desvia**] os olhos do Cav. Uff, para o teto [riscado] na

134 — Ms.: Digo ancora [riscado] Repito [acima]

135 — Ms.: bem [**exclamação riscada**] man [riscado] **Descendo a escada jogou fora o charuto** [riscado] o Isotta Fraschini **espera** [riscado] partiu [acima riscado] chispou [acima riscado] [ao lado: partiu, riscado] esperava-o todo [intercalado] iluminado **como uma montra de ourives** [riscado] [sinais de separação] § — Então?

B.,p.76

144 — Ms.: outra **pedido** [riscado] proposta foi [sinais, espaço]

146 — Ms.: [**parte esquerda do papel, dividido com traço vertical**] § O conselheiro [**remontado**] José Bonifácio de Matos e Arruda [sinal indicando parágrafo] e [idem] senhora [sinal indicando parágrafo] têm (. . .)

151 — Ms.: família o
B: família, o [**vírgula acrescentada**]

155 — Ms.: Liberdade n. 259 — c [**n intercalado, 2 colocado sobre a vírgula**]
B: Liberdade, n. 259 — c

146 — Ms.: [à direita do traço vertical]

147 — Ms.: [**indicando parágrafo**] e [**indicando parágrafo**] senhora [**idem**] têm a honra

155 — Ms.: R. da Barra Funda, 427
B: Rua da Barra Funda, n. 427. § S. Paulo, 19 de [intercalado] fevereiro de 1927 [sobre 6]. [sinais de separação] § No dia.

B.,p.77   158 — Ms.: à **futura sogra** [riscado] mãe de sua futura nora
             159 — Ms.: lhe for [riscado] vendia batatas [riscado] cebolas e batatas, Ólio [**por cima de Óleo de**] Lucca [riscado ilegível] toucinho [riscado] bacalhau (...) caderneta. [assinado] A. de A. M.

B,p.81 Lisetta

3 versões — A: Jornal do Comércio
            Ms.: Manuscrito
            B: livro (1.ª edição)

Ms.,p.27   2 — A: urso. Era pequenino. Um filhote de urso. Felpudo, felpudo. E amarelo. Tão engraçadinho! Dona
             4 — Ms.: filha **diante dela em pé** [sinal, indicando troca de lugar]
                 A: filha, de pé, entre os joelhos. § Lisetta
                 B: filha em pé diante dela
             7 — Ms. e B: chupou. Olhava.
                 A: chupou: olhava
             9 — Ms.: vidro não diziam **absolutamente** [intercalado] nada. No colo.
                 A: vidro, muito negros, não diziam nada. No colo.
            10 — Ms.: menina de pulseira de ouro e meias de seda parecia
                 A: menina de chapéu florido e meias de seda, parecia
                 B: seda, parecia [**mudança nas provas**]
            14 — Ms.: Stai [riscado ilegível] Zitta!
            15 — Ms.: rica **percebeu** [riscado] viu [acima] o enlevo e a inveja da **menina pobre** [riscado] Lisetta [acima] § deu
                 A: rica leu a cobiça nos olhos da menina pobre. E deu

B,p.82   16 — Ms.: com o toqu**inho** [remontado] do rabo: e a
                 A: urso. Mexeu-lhe com o rabo: e a
            18 — Ms.: esquerda depois
                 A e B: esquerda, depois [**mudança nas provas**]
            19 — Ms.: e B: olhou para cima, depois
                 A: olhou para o alto, depois
            20 — Ms.: manobra. **Sorridente e fas** [riscado] sorrindo fascinada. E com um ardor nos olhos! O pirolito

55

		A: manobra, enlevada, sorrindo e com um ardor nos olhos! § Agora.
	21 —	Ms.: olhos. O pirolito **caiu da boca aberta entreaberta** [riscado] perdeu definitivamente toda a importância [acima] § Agora [Linha acrescentada a A]
	24 —	Ms.: descem, **cumprimentam** [riscado] cumprimentam, se cruzam, batem umas [s **acrescentado**] nas outras.
	27 —	Ms.: Mamãe! Olha lá! § — Stai [remontado] A: Mamãe... Olha só! § — Stai
	30 —	Ms.: desejo **imenso** [riscado] louco de **pega** [riscado] tocar no ursinho. A: desejo invencível de abraçar o ursinho.
	32 —	Ms.: encarou a menina pobre [riscado] coitada [**acima**] com raiva, fez uma careta de **nojo** [riscado] horrível [**acima**] e apertou
	35 —	Ms.: bichinho que custara cincoenta mil réis na casa São [**completa, intercalando ão ao S**] Nicolau. § Deixa [remontado] A: bichinho que a mãe lhe comprara por cinqüenta mil réis na Casa Fuchs! § Deixa
	37 —	Ms.: nele [**interrogação riscada**] Deixa? [**remontado, letras ilegíveis**] A: nele... Deixa?
B,p.83	41 —	Ms.: levadas. Scusi A: levadas... Scusi
	42 —	Ms.: rica **não** [**sobre palavra ilegível**] respondem
	43 —	Ms.: bicho, **fez uma carícia na cabeça dele** [**intercalado**] abriu a bolsa e **consultou** [riscado] olhou o espelho. § A mãe [riscado] Dona A: bicho, e virou o rosto. § A mãe
	46 —	Ms.: **A mãe da menina pobre** [riscado] Dona Mariana, escarlate de vergonha A: A mãe da menina pobre, escarlate de acanhamento e vergonha, murmurou no ouvido da filha:
	48 —	Ms.: § — In casa **tu mi** [riscado] me lo [**acima**] A: § — In casa tu me pagherai!
Ms.,p.28	49 —	Ms.: [**Letras ilegíveis riscadas**] § E pespegou por conta um beliscão no bracinho **da filha** [riscado] magro. **Daqueles** [riscado] Um beliscão daqueles. § Lisetta A: E zás! — um beliscão no bracinho da menina.

51 — Ms.: Para que fez isso? Foi pior. § Ah! Lisetta então **fez a única cousa que lhe cabia fazer**. [riscado] perdeu toda a compostura de uma vez [acima] Chorou. Soluçou. Falando sempre. §
— Ahn!
A: Ah! como Lisetta chorou, soluçou, gritou! §
— Ahn!
54 — Ms.: Eu que. . . ro
A: Anh! Eu quero
55 — Ms.: ur. . . so! Ai, mamãe! Ai mamãe! Eu
A: urso! Não, mamãe, não! Eu que. . . ro
57 — Ms.: amazzo parola
A: amazzo, parola
59 — Ms.: Um pou. . . qui. . . nho só!
A: Um pou. . . quinho só!
61 — Ms.: — Senti, Lisetta. Non ti
A: § — Non ti
63 — Ms.: Um escândalo! E logo no **primeiro** [riscado] banco **da frente** [intercalado]
A: Que escândalo! Logo no primeiro banco!

B, p. 84

64 — Ms.: O bonde inteiro **presenciou** [riscado] testemunhou o **desespero de Lisetta** [riscado] o feio que Lisetta fez. § O urso
A: Toda a gente testemunhou o desepero de Lisetta, o feio que Lisetta fez [cruz] § — Non
66 — Ms.: fez. § O urso recomeçou a **guar** [riscado] mexer com a cabeça. Da esquerda para a direita, para cima e para baixo. [sinais de separação] § — Non
70 — Ms.: Impossível. **As lágrimas continuavam a cair resval escorreu cair. E o pranto agora era trêmulo, mais doído ainda** [riscado] § O urso
A: Impossível. O choro continuava sempre, trêmulo, convulso, baixinho. § O urso
74 — Ms.: ar o bichinho [remontado sobre bicho]. Para Lisetta ver. E Lisetta viu. § Dem — dem!
A: ar o ursinho. E Lisetta viu. § Dem-dem!
77 — Ms.: passageiros, **resvalou sobre os trilhos** [riscado] deslizou, rolou [acima], seguiu
A: passageiros, resvalou sobre os trilhos, seguiu. Dem-dem!
81 — Ms.: Dona Mariana **havia pago uma passagem só** [intercalado] opôs-se com energia e outro beliscão.

B, p. 85

Ms., p. 29

85 — **Havia pago uma passagem só** [riscado] [sinais de separação] § A Ms.: da família Zamponi [riscado] Garbone. § Logo A: da família. § Logo

87 — Ms.: porta um **tabefe** [riscado] safanão. Depois um tabefe [acima]. Outro
A: porta, um tapa. Outro

89 — Ms.: corredor. Intervalo de **depois** [riscado] dois minutos. Foi então a vez das chineladas. Para remate.
A: corredor. Depois, Lisetta viu um chinelo na sua frente para um instante depois senti-lo atrás. Uma

90 — Ms.: remate. **Uma, duas, três, quatro, cinco, seis, sete, talvez vinte ou trinta ou mesmo quarenta.** Que não acabava mais [acima] Lisetta **não contou** [riscado] **não teve tempo** [riscado acima] § 0
A: atrás. Uma vez, duas vezes, três, quatro, cinco, seis, sete, talvez vinte ou trinta ou quarenta. § Enquanto

91 — Ms.: § O resto da **pirralhada** [riscado] gurizada [acima] (narizes escorrendo, pernas...
A: § Enquanto apanhava e berrava, suspensa por uma das orelhas, o resto da pirralhada (narizes escorrendo, pernas...

92 — Ms.: pernas **pintalgadas de** [riscado] arranhadas, **feridas** [riscado] suspensórios de barbante reunido [o sobre a] na sala de jantar **punha as bundinhas de molho** [riscado] sapeava de longe [acrescentado]. § Mas o
A: pernas cheias de feridas, suspensórios de barbante reunida, na porta da sala de jantar, arriscava um olho assustado. § O

95 — Ms.: o **irmão mais velho** [riscado] Ugo [acima] chegou
A: O irmão mais velho chegou

96 — Ms.: — Você assim machuca a menina, mamãe [exclamação riscada] coitadinha [inha final sobre o a] dela! § A surra termino cessou [riscado]. O chinelo
A: — Você machuca a menina, mamãe. Coitada! § O chinelo

97 — Ms.: **O chinelo descansou. Lisetta** [riscado] Também Lisetta não aguentava mais — [sinais de separação] § Toma

B, p. 86

99 — A: Coitada! § O chinelo voou longe. O berreiro diminuia. [cruz] § — Tome
Ms.: escache, **hein!** [riscado]. Lisetta
A: escache, hein! § Lisetta
100 — Ms.: pulo contente. **O irmão lhe trouxera um ursinho.** De lata. [riscado]. Pequerrucho, Pequerrucho e de lata. Do tamanho de um passarinho. **Não precisava** [riscado] Mas **bastava** [riscado] urso. § Os
A: Lisetta deu um pulo. Um ursinho. De lata e pequerrucho, pequerrucho, do tamanho de um passarinho. Um urso diminuído, falsificado, marca Sloper, mas um urso! § Os
103 — Ms.: O **Nino** [riscado] Pasqualino [acima] quis logo pegar **nele** [riscado] no bichinho. Quis
A: admirar. O Nino quis logo pegar no bicho. Lisetta
105 — Ms.: bichinho. Quis mesmo tomá-lo [**por cima de tomar**] à força. **Sem resultado** [riscado]. Lisetta **não deixou** berrou como uma desesperada: [acrescentado]: § — Ele é meu. O [**Januário**] [riscado] Ugo [acima] me deu! ele [riscado] § Correu para o quarto. Fechou-se [**intercalado**] **a porta** [riscado] por dentro.
§ **O Nino, dando ponta-pés na porta, gritava e gemia e chorava.** [riscado] assinado A. de A. M.
A: Trecho suprimido em B:
bicho. Lisetta não deixou, correu para o quarto, fechou a porta. § O Nino, do lado de fora, gritava e gemia. Berreiro inútil, Nino, berreiro inútil! § Lisetta beijou o ursinho (que custara quinhentos réis) beijou muito, fê-lo andar pelo chão, brincar, correr, jogou-o pelo ar, conversou com ele. E escondeu-o embaixo de seu travesseiro. § Ao deitar-se, na caminha que compartilhava com a Margarida, pôs uma das mãos por baixo do travesseiro e dormiu acariciando o urso de lata, pequerrucho, pequerrucho com o um passarinho **cruz** § O urso de quarenta mil réis, esse o lulu da Pomerania, n.º 1, que a menina rica beijava sempre no focinho, encontrou largado num canto, naquela mesma noite, e estraçalhou-em em dois tempos. § Não apanhou por isso (Para um possível livro de contos: **ÍTALO-PAULISTAS** Antonio de Alcântara Machado.

B, p. 89 Corinthians (2) vs. Palestra (1)

Ms., p. 30	3 —	Ms.: bola **correu** [riscado] foi
	4 —	Ms.: **Imparatinho** [riscado] Melle [acima] desembestou com ela.
	10 —	Ms.: verde a ânsia de [intercalado] vinte mil pessoas **arquejavam** [riscado] De olhos [sobre letras ilegíveis] ávidos. De nervos elétricos [sobre electricos?]
B, p. 90	16 —	Ms.: pulavam, **embara** [riscado] chocavam-se, embaralhavam-se
	18 —	Ms.: bola de couro [intercalado] amarelo [o sobre a] que
	19 —	Ms.: que [riscado] que [acima riscado] que [intercalado] não parava
	22 —	Ms.: Parecia [riscado] Parecia (...) Driblou. **Disparou** [riscado] correu
	25 —	Ms.: com o olhar parado [sobre os olhos] parado. Arquejando. Achando aquilo um **absurdo, um desaforo.** [sinal de troca de lugar] B: um desaforo, um absurdo
	32 —	Ms.: mãos batendo [sobre batiam] mas
	33 —	Ms.: [riscado acento de o, que repete sete vezes]
	36 —	Ms.: **Meteu os indicadores** [riscado] Tapou os ouvidos.
B, p. 91	41 —	Ms.: Aí, Rocco! **Aí Palestra!** [riscado] Quebra
	42 —	Ms.: graça. **Riu** [riscado] Deu risada [acrescentado depois]
Ms., p. 31	44 —	Ms.: Puxa! [sobre letras ilegíveis] que
	51 —	Ms.: dele. Rocco [riscado] § — Juiz
B, p. 92	60 —	Ms.: dá **para** [riscado] pro pulo!
	62 —	Ms.: pés. **Leva** [riscado] Ergueu os [sobre a] voz [riscado] braços. Ergueu a voz:
	63 —	Ms.: Centra, **Gaetano** [riscado] Matias! Centra, **Gaetano** [riscado] Matias.
	64 —	Ms.: Gaetano [riscado] Matias centrou. A assistência silenciou [riscado ilegível] Imparato [acima] emendou.
	74 —	Ms.: Corintianos **na última fileira da arquibancada: [intercalado]** § — Conheceram
	78 —	Ms.: gasosa! Sentadas [riscado] Moças comiam
B, p. 93	81 —	Ms.: gramado **pisado** [riscado] maltratado. Mulatas
	83 —	Ms.: azuis **recebiam** [riscado] ganhavam beliscões.

		E riam [intercalado] Torcedores
	84 —	Ms.: Ó-lh'a gasosa! B: Ó...lh'a gasosa!
	87 —	Ms.: ao **Bianco** [riscado] Rocco.
	91 —	Ms.: O [riscado] Filipino
Ms., p. 32	92 —	Ms.: cabelos **escovados** [riscado]molhados.
	95 —	Ms.: sossegada [ss colocados por cima]
	97 —	Ms.: cabeçada [riscado ilegível] A bola foi bater em **Martinelli** [riscado]Tedesco [acima] que saiu correndo com ela [intercalado]
B, p. 94	102 —	Ms.: Vendido! Bandido! Assassino! [acrescentado depois]
	105 —	Ms.: Não pode! **Não pode** [riscado] Põe pra [sobre para] fora. Não pode!
	108 —	Ms.: sargento **prendeu** [sobre palavra ilegível] o palestrino.
	111 —	Ms.: pode **mais!** [intercalado]m [riscado] Nunca [N maiúsculo sobre n minúsculo]vi [sinal indicando espaço]
	114 —	Ms.: minutos ainda? [a sobre ponto de interrogação]§ Oito
	115 —	Ms.: Biagio! Cor [riscado] Foi levando, foi levando, **Inflamou a esperanças** [s acrescentado] **corinthiana** [riscado] Assim
B, p. 95	119 —	Ms.: Arremeteu. Meteu o pé [riscado] Chute agora. Parou disparou. Parou. Ai! **Reparou** [intercalado] Hesitou
	121 —	Ms.: Agora! **Preparou-se [intercalado]** Olha o Rocco.
	123 —	Ms.: **Cavalo! Cavalo!** [riscado]CA-VA-LO!
Ms., p. 33	127 —	Ms.: Depois **perguntou:[intercalado]** § — Quem
	133 —	Ms.: Prrrrii! [riscado] Pri-pri-pri!
B, p. 96	144 —	Ms.: Solta o [riscado] [por cima] Solt'o
	146 —	Ms.: O **Klacson** [riscado]ruído dos
	147 —	Ms.: como um [riscado]um tanque
	148 —	Ms.: Miquelina **fechou-se** [riscado]murchou [acima]dentro
	150 —	Ms.: O [riscado] Que [Q maiúsculo sobre q minúsculo]
	151 —	Ms.: § — **Não é** [riscado] Miquelina nem nada, **não ouvia nada, não dizia nada** [riscado]
B, p. 97	156 —	Ms.: coro [riscado] os [acima] bondes formando cordão esperavam **com** [riscado] campainhando

		[acrescentado a campainha] o Zé-pereira [acrescentado]
	159 —	Ms.: Aqui, Miquelina [exclamação riscada]. Os
	159 —	Ms.: na [a por cima de o]teto [riscado]coberta (...) E gente do lado [riscado] da
Ms., p. 34	171 —	Ms.: Miquelina um [riscado] o [acima] gordo de lenço no pescoço **exclamou** [riscado] desabafou:
B, p. 98	173 —	Ms.: culpa **da** [riscado] daquela [intercalado] besta
	174 —	Ms.: Miquelina? [interrogação sobre vírgula]Você [V maiúsculo sobre v minúsculo]
	175 —	Ms.: liga **pra** [riscado] pra esses
	179 —	Ms.: § Cretinos [intercalado]
	181 —	Ms.: § Só a tiro [intercalado]
	190 —	Ms.: **Eu agora sou corintiana outra vez** [riscado] Não é de sua conta [acima]
	191 —	Ms.: Os [**sobre o**] pessoal[riscado] pingentes mexiam com as moças **das** [riscado] de braço dado nas calçadas. [assinado] A. de A.M.
	B, p. 101	Notas biográficas do novo deputado
		Ms.: [**grifo com duas linhas**]
	1—	Ms.: **O coronel Antonio Ferreira Pinto** leu [riscado] § O coronel [riscado] § O coronel recusou a sopa.
Ms., p. 35	7 —	Ms.: O coronel **não** disse nada [intercalado] Tirou [**t maiúsculo por cima do t minúsculo**]
	8 —	Ms.: do bolso **de dentro** [intercalado] Pôs
	10 —	Ms.: senhor coronel [riscado] Exmo. sr. coronel Juca [**grifo do autor**]
	14 —	Ms.: **Ouça** [riscado] Escute [acima] **Senhor coronel Comunico-vos** [riscado] Exmo. Sr. coronel Juca [**grifado com uma linha pelo autor**] Respeitosa Saudações [**sobre Em**] Em primeiro
B, p. 102	21 —	Ms.: communicar **para [acrescentado par ao a]**
	23 —	Ms.: as chuva**rada [acrescentado rada à chuva]**
	24 —	Ms.: doente divers**sos divido**[riscado] incomodos divido o serviço [**grifo do autor: 1 linha**] É na outra página [riscada] B: doente diversos incomodos [**B não mantém o erro proposital de grafia — diverssos — Conforme Ms.**]
	26 —	Ms.: § **Talvez** es [riscado] Coitado

Ms., p. 36

B, p. 103

27 — Ms.: Domingo **filho** [riscado] Netto mandou buscar [intercalado] a vaca... **Pipocas** [riscado] Ó Senhor! [acima]Não acho
32 — Ms.: lugar **comm** [riscado] vos communico que o pai de [letra ilegível] [riscado seu [acima] compadre João Intaliano [**Iremontado**] morreu... [**reticências acrescentadas**] ontem [riscado] [**sinal indicando abertura de parágrafo**] Meu Deus, não diga? [acima]
35 — Ms.: ... **morreu** [intercalado] segunda-feira que passou
B: segunda que passou
36 — Ms.: uma **inchação** urehemia (?) [riscado] anemia nos rins [acima]
37 — Ms.: casa **seu afilhado** [riscado] o **seu** [riscado] vosso [acima]
38 — Ms.: Pesso **para** [sobre a] V. E. que me mande [intercalado] dizer [**por cima de diga**]
39 — Ms.: tal. E agora, mulher? [**acrescentado ao final**]
40 — Ms.: — **Não diga? Morreu o João Italiano** [acima] **Coitado. Não diga?** [acima]. **E o menino Tão bom homem. § Para você ver** ... **Morreu etc. E agora? §**
— **Agora o que** [parte toda riscada] Dona Nequinha
43 — Ms.: Dona Nequinha **meteu os dentes no lábio inferior** [riscado] **passou a língua nos lábios.**[acima].

44 — Ms.: **Franziu as sobrancelhas** [riscado] Arranjou o virote
47 — Ms.: Pensou. **Disse** [riscado] [**Letras ilegíveis riscadas**] disse [acima, riscado] E depois: [acima]
49 — Ms.: — Vamos pensar **bem** [intercalado] primeiro
51 — Ms.: **E deixe-se** [remontado] [**sinal de espaço**] § Gennarinho
55 — Ms.: pelo **irmão do** [riscado] — filho
57 — Ms.: coronel **José** [riscado **osé** — **fica J.**] Peixoto de Faria **sobrinha** [riscado] [**palavra ilegível riscada**] § Tomou
59 — Ms.: espera. **Foi** [riscado] Veiu [acima] desde
62 — Ms.: portão. **Subiu as escadas berra** [riscado] Disse uma
64 — Ms.: berrando. § — **Beije a mão** da madrinha [riscado] §
Ms.: a mão da **madr** [riscado] dos padrinhos

63

B, p. 104	70 —	Ms.: chapéu [sinais de separação] § Pronto
	72 —	Ms.: ante-ontem. Espertinho como [s sobre x]
	74 —	Ms.: Tem dez anos [riscado] nove
	76 —	Ms.: Pois é. Vem [riscado] Coitadinho [acima] Imagine. Pois é. [riscado] Pois é [acima] Coitadinho [riscado] Pois é.
	77 —	Ms.: filho [s final riscado]
	78 —	Ms.: O que? É [por cima de D] sim
Ms., p. 37	83 —	Ms.: anos já [intercalado] Bons
	84 —	Ms.: chamando. Saude. [riscado] Beijos
B, p. 105	85 —	Ms.: obrigado. O mesmo [intercalado] até
	101 —	Ms.: O Gennarinho, [interrogação riscada] é?
	102 —	Ms.: Imagine você Nequinha [riscado] Diabinho de menino! [acima] Querendo a toda a [riscado] força
	104 —	Ms.: § — Mas isso é feio [riscado] isso [ac ima] não [n minúsculo sobre N maiúsculo] está direito, Juca. Vou já e já [acrescentado]
	106 —	Ms.: § — Mas é tão engraçado. Se você... [riscado] É. Direito não está. Mas é engraçado.
	108 —	Ms.: § — ... dar uns petelecos no diabinho [riscado] tapas nele [acrescentado no final]
	109 —	Ms.: isso, [exclamação riscada] ora [o minúsculo sobre O maiúsculo] essa! Dar a toa [traço vertical separando a toa, escrito junto] no menino! [exclamação por cima de interrogação].
	111 —	Ms.: § — Não é a toa [traço vertical separando a toa, escrito, junto] Juca
	112 —	Ms.: Onde [sobre letras ilegíveis]é que se viu isso? Não admito [riscado] Olhe aqui: eu mesmo dou, sabe? Eu tenho mais jeito [acrescentado no final][sinal de separação] § Um dia
B., p. 106	117 —	Ms.: Januário que é a tradução. Eu já indaguei [intercalado] Ouviu? Eta [acima] menino [m remontado] impossível!
	119 —	Ms.: impossível! Tire [riscado] Sente-se direito! já [riscado] já [acima] aí muito [riscado] direito [por cima de direitinho] Você
	121 —	Ms.: § — Ouvi [exclamação riscada]
	123 —	Ms.: sim Senhor [exclamação riscada] § — Ouvi
	125 —	Ms.: perdida. Da resposta e da continência [acrescentado ao final] [sinais de separação] § Uma
	127 —	Ms.: Nequinha sugeriu [riscado] perguntou [acima]

B., p. 107

129 — Ms.: § — Juca: [acrescentado] você [v sobre V maiúsculo] já pensou no futuro do menino? [interrogação em vez de vírgula] Juca? [riscado, colocado no início]

137 — Ms.: § — Sobre que [acima riscado] O futuro do menino, Juca [riscado] homem de Deus!

144 — Ms.: o suspiro **desanimado** [riscado] da consorte **por uma** [riscado] **valeu por uma** [acima riscado] **censura a semelhante** [riscado] **foi um protesto contra tamanha** [acima] indecisão.

148 — Ms.: § — Pois está **claro** [riscado] visto que não quero [acrescentado no final].

149 — Ms.: despertador **começou a** [riscado] **bateu** [u sobre r] mais forte **no criado mudo** [intercalado] Dona

151 — Ms.: travesseiro. São José dentro de sua redoma espiou o voo de dois pernilongos. [acrescentado no espaço]

154 — Ms.: acho que... [acrescentado] Eu acho [riscado] **Apague a luz que está me incomodando** [acrescentado]

156 — Ms.: § — O que? [riscado] Pronto. Acho o que? [acrescentado]

157 — Ms.: cousa **a** [riscado] **que se deve** [intercalado] fazer é meter o menino num colégio [exclamação riscada]

160 — Ms.: § — É [reticências riscadas]
161 — Ms.: § — Eu sou **religiosa** [riscado] católica. Você também é. **Nossa família toda é** [riscado]. O Januário também será.

B., p. 108

163 — Ms.: § — Pois é [riscado] Muito bem ...[Acrescentado]

166 — Ms.: § O coronel [riscado]Era sono[acima] estava dizendo [riscado] era com muito sono [acima riscado] Com [C maiúsculo sobre c minúsculo] muito sono era que o coronel estava dizendo [parte riscada]

167 — Ms.: ai! [reticências riscadas]
B: ai! ... nós [riscado] nós [acima] vamos ver isso direito, Nequinha ... [Acrescentado no final] [sinais indicativos de separação] § Até

65

Ms., p. 39   169 — Ms.: coronel ajudou [a sobre letra ilegível] a vestir [riscado] aprontar [acima] o
   171 — Ms.: abóbora. com [riscado] Na [N sobre letra ilegível] terceira
   174 — Ms.: preparou [dois pontos riscado] logo [intercalado] Pão [P maiúsculo sobre p minúsculo] francês com [riscado] goiabada [G maiúsculo sobre g minúsculo] Pesqueira. e [riscado] Queijo [Q maiúsculo sobre q minúsculo] Palmira [i sobre y]
   176 — Ms.: § — Diga para [riscado] pro Inácio

B, p. 109   180 — Ms.: a [sobre o] laço [riscado] gravata azul do [o sobre e] pintor [riscado] Januário [acima]
   181 — Ms.: escovadela **trêmula** [riscado] pensativa no gorro. **Januário fez uma cara de vítima** [acrescentado no fim da linha]
   184 — Ms.: que **já** [riscado] está
   185 — Ms.: § **No terraço** [riscado] Dona Nequinha o coronel **já descia** [riscado] **já estava** no meio [acima, riscado] se achava no [acima] da escada da escadaria [ria sobre a] **do jardim** [riscado] de mármore
   187 — Ms.: testa **ensaboad** [riscado] do menino [acima] Chuchurreadamente [C maiúsculo sobre c minúsculo] do **Januário** [riscado]. E disse: [riscado] Maternalmente [acima] com um [riscado] num [acima, riscado] **num suspiro de maternidade sincera:** [riscado] § — Vá.
   191 — Ms.: sim? **Seja muito respeitador.** Vá [acrescentado] **Januário seguiu alcançou** [riscado] Todo [T maiúsculo sobre t minúsculo] compenetrado de pescoço duro e passo duro, **Januário** [intercalado] alcançou o coronel. [três cruzes riscadas] [espaço] § A
   194 — Ms.: meninada [letras acima riscadas] entrava [riscado] entrava [acima] no Ginásio de São Bento, **em silêncio e** [acima, acrescentado] beijava a mão do senhor [intercalado] reitor [acima] e logo [riscado]. Depois [acima] disparava **logo** [acima, riscado] pelos corredores jogando [jo por cima de letras ilegíveis] futebol com os chapéus [riscado] os chapéus **para** [riscado] no [n acrescentado a o] ar. As
   198 — Ms.: O berreiro **encobria** [riscado] sufocava o apito.

66

B., p. 110   200 — Ms.: **Januário** [riscado] — Cumprimente o senhor [sobre snr.] reitor.
            202 — Ms.: D. Henri [riscado] Estanislau deu umas palmadinhas [inhas por cima de as]
            202 — Ms.: Januário. **Januário tremeu** [acrescentado]
            203 — Ms.: § — **Crescidinho, hein?** [riscado] **já. Muito bem. Muito bem** [intercalado] Como é o seu nome? [riscado] se chama? [acrescentado]. Januário.
            206 — Ms.: nome **para** [riscado] **ao snr. Reitor** [riscado] para o senhor reitor [acima]
            209 — Ms.: bem. Januário [intercalado] muito [M maiúsculo sobre m minúsculo] bem. Januário de [e sobre o] quê?
            211 — Ms.: para **brincar de barra-manteiga. Nem ouviu** [riscado] ir para o recreio. Nem ouviu [acima]

Ms., p. 40   213 — Ms.: todo, [vírgula sobre ponto] menino [acrescentado]
            214 — Ms.: Com os olhos no coronel: [acrescentado]
            215 — Ms.: § — É . . . E [riscado] Januário
            217 — Ms.: Dlin-dlin. [sobre dein] d [riscado] Dlin-dlin! Dlin-dlin [d minúsculo sobre D maiúsculo] Sua perna [riscado] [três cruzes riscadas espaço] § O coronel
            218 — Ms.: o São [acrescentado ão ao S.]
            219 — Ms.: testamento [assinado]: A. de A. M.

B, p. 113   O monstro de rodas

            Ms.: **O perigo dos automóveis** [riscado] O monstro de rodas
Ms, p. 41   [grifo duplo do autor]
            1 — Ms.: porta. Estremeceu [riscado] **Teve um arrepio** [acima] Levantou
            4 — Ms.: § **Agora** [riscado] Na sala [acima] discutiam agora [intercalado] a hora
            8 — Ms.: marido **acumulava-se** [riscado] ia dansar bem [acima]
B, p. 114   16 — Ms.: mulata **segurava** [riscado] oferecia o copo de água de **folha** [riscado] flor [acima] **de abacate** [riscado] **laranjeira.**
            19 — Ms.: § — **Não!** [exclamação sobre o ponto] Eu [E maiúsculo sobre e minúsculo] Não quero! [exclamação sobre ponto] Eu [E maiúsculo sobre e minúsculo] ... [reticências colocadas depois] não ...

		[reticências colocadas depois] quero! ... [reticências colocadas depois]
	21 —	Ms.: irmão **a [riscado]** a arrancaram **a [riscado]** da
	22 —	Ms.: quarto. **Na sala da frente [riscado]**. Enxugaram-se **[E maiúsculo sobre e minúsculo]**
	25 —	Ms.: sandália **[a sobre as]** sem **[remontado]** meias[a sobre as]
	29 —	Ms.: rua **Barra Fund[riscado] Olga [riscado]Sousa Lima** [acima]. Passavam [remontado]
	30 —	Ms.: Arouche. **Gelo [riscado]**. Garoava
	33 —	Ms.: céu ... § **O pai voltou para oferecer [riscado]**
	34 —	Ms.: porta da [riscado] Seu
	35 —	Ms.: muito forte **[sobre palavra ilegível]**
	39 —	Ms.: anjinho. Cinco seis **[acrescentado]**
B, p. 115	41 —	Ms.: **O Violão e a flauta recolhendo da farra emudeceram respeitosamente na calçada.** [acrescentado no espaço, sobre os sinais de separação] B: espaço
Ms., p. 42	44 —	cerveja **em companhia do [intercalado]**
	45	a 200 —[sobre du]
	49 —	Ms.: ver **loo de manhã [riscado]** daqui a pouco [acima] a notícia
	51 —	Ms.: Você**[riscado]** Chi
	52 —	Ms.: criança. **Tu é ingênuo rapaz [intercalado]** Não
	54 —	Ms.: nego. **[exclamação riscada]** Filho
	55 —	Ms.: matar se medo. É ou **[sobre letras ilegíveis]** não **Ah! Ah! Ah! Ah! [riscado]** é, seu Zamponi?
	57 —	B. corrige : **sem medo**
	57 —	Ms.: § — **De verdade [riscado]** Seu
	61 —	Ms.: mesmo. [sinais de espaço] § O
B. p. 116	63 —	Ms.: dona Nunzia **berrava [riscado]** gritava
	64 —	Ms.: olhos **festivos [riscado]** assanhados da
	68 —	Ms.: encangalhados **[exclamação riscada]** § A
	74 —	Ms.: Atras **[riscado]** o **[sobre letra ilegível]** pessoal
	75 —	Ms.: de São [ão colocado depois, junto ao S.] José. Cochichando vermelhas [riscado] E na calçada os homens **abaixavam a cabeça [riscado]** caminhavam descobertas [acrescentado] [sinal de separação] § O Nino
B., p. 117	77 —	Ms.: Nino propos **[riscado]** quis fechar com [acima] o [sobre a]

	78 — Ms.: quinhentão [dois pontos: riscado o ponto de cima]
	79 — Ms.: A [maiúsculo sobre a minúsculo] gente vai [intercalado] contando [ndo acrescentado] os
	81 — Ms.: Mais de [M sobre letras ilegíveis]
	81 — Ms.: ganha. Senão [riscado] Menos, eu [sobre gan]é que ganho [riscado]
	82 — Ms.: não foi na onda [riscado] quis [acima] E começaram a discutir [riscado] pegaram uma discussão sobre
Ms., p. 43	90 — Ms.: disparavam [por cima de chispavam]
	91 — Ms.: tudo. Chapéus [remontado]
	97 — Ms.: Mamãe! Venha [nha sobre o m de vem] ver
B, p. 118	98 — Ms.: Mamãe! [sinais de espaço] § Aida
	100 — Ms.: num laço de fita B: num lacinho de fita
	101 — Ms.: olhando um [riscado] o retrato que a Gazeta publicara [intercalado]
	104 — Ms.: que era ela [riscado] era ela! [acrescentado]
	107 — Ms.: O marido [riscado] pai tinha ido procurar um [riscado] conversar com o [acima] advogado [Assinatura]: A. de A.M.

B, p. 121 Armazém Progresso de S. Paulo

Ms., p. 44	Obs.: Linhas do anúncio com grifos: palavras na disposição que surge em B. (Ver ilustrações).
	linha 3 — grifos duplos
	linha 5 — grifo triplo
	linha 6 a 10 — grifos duplos
	B — Variedade de tipos, a cada linha.
	11 — Ms.: facha e entre [riscado] em prospectos entregues a
B, p. 122	25 — Ms.: quer? Um maço [ç sobre ss] de Sudan Ovaes [grifa e corta o grifo] B: sem grifo
	27 — Ms.: uma Si-Si [grifo cortado] que é
	29 — Ms.: Natale achava achava [riscado: engano, repetição]
	30 — Ms.: pro Sr. [intercalado] Zezinho —1$ 200 [sinais de separação] § O
B, p. 123	42 — Ms.: imposto [separação] § — Dá
	49 — Ms.: Evviva [remontado] il
	50 — Ms.: chão e pulseira [riscado] relógio-pulseira

B, p. 124	55 —	Ms.: piscava **pra** [sobre **para**] elas
	58 —	Ms.: **O Brodo passou cantando** [acrescentado no final]
	65 —	Ms.: que as **senhoras donas de casa** [riscado] excelentíssimas mães de família [acima] achavam
	70 —	Ms.: oferecer por **toda** [intercalado] aquela
	79 —	Ms.: Castro Alves [espaço] § A
B, p. 125	81 —	Ms.: molte **alice**, [riscado] **alici** [acima] eh
	82 —	Ms.: capisce, **signore** [riscado] **sor** [acima] Luigi!
	83 —	Ms.: **Mas uma cusparada anunciou o** [riscado] Natale **entrou** [acrescentado]
Ms., p. 46	85 —	Ms.: desconfiado [sinal de separação] § — Que
	86 —	Ms.: § — **Que é** [acrescentado]
	87 —	Ms.: quando **dava** [remontado] para
	89 —	Ms.: Abastecimento, ora [**intercalado**] o **da** [intercalado, acrescentado] auxiliar **da** [riscado]
	92 —	Ms.: § — **Sei!** [riscado] Já sei. [Acrescentado]
	95 —	Ms.: da **Margarida** [riscado] Genoveva ...
B, p. 126	96 —	Ms.: § — **Sei!** [riscado] Já sei[Acrescentado]
	97 —	Ms.: de **qualquer cousa** [riscado] não sei quê [acima] e o senvergonha [remontado]
	100 —	Ms.: quieta **não** [acrescentado no final] Que
	101 —	Ms.: ficou **até** [intercalado] assim
	102 —	Ms.: § — **Sei!** [riscado] Já sei[Acrescentado]
	105 —	Ms.: era **a** [intercalado] vez do **Save** [riscado] Nicola jogar. E [**E sobre co**] como o Nicola já sabe **é** [sobre era] o campeão e estava num dia mesmo de [**sobre de**, [Acrescentado]
	108 —	Ms.: § — **Sei!** [riscado] Sei! [Acrescentado]
	110 —	Ms.: o Espiridião [**remontado**] estava dizendo ao [riscado] **para o** [acima]
	111 —	Ms.: Giribello. Não **era por** [riscado] é [acima] que
	112 —	Ms.: Mas ela **ficou não** [riscado] **estava ali perto mesmo** [riscado] — Não é?
	114 —	Ms.: Sei! [com grifo duplo] B: caixa-alta
	118 —	Ms.: Comissão do **Abastecimento** [intercalado] andava
	120 —	Ms.: § — **Sei!** [grifo duplo] B: caixa-alta
B, p. 127	122 —	Ms.: **chamá-lo** [sobre r] logo o Natale [riscado] para lhe [**intercalado**] dizer a ele [riscado] que **na** [riscado] desse

70

Ms., p. 47

B, p. 128

B, p. 129
Ms., p. 48

125 — Ms.: § — Sei! [riscado] já sei. . .[Acrescentado]
126 — Ms.: mais. O português [riscado] homem [acima] era burro era capaz de dar as ceb [riscado] que pagasse [riscado] desse em pagamento [acima] da [d acrescentado ao a] letra com [riscado] as
130 — Ms.: Dino está avançando [riscado] quer avançar nas comidas [sinal de espaço] § Mais
136 — Ms.: Coitado [o sobre a] de [e sobre a] gente pobre [riscado] quem é pobre.
138 — Ms.: Natale encheu outro copo [riscado] abriu outra
140 — Ms.: mais. Vamos [riscado] Não demora
141 — Ms.: ou mais. amigo Natale. Olhe aqui: [sinal indicando inversão das partes] B: Olhe aqui, amigo Natale:
143 — Ms.: Não seja besta [por cima de letras ilegíveis]. O
144 — Ms.: cabeça do [o por cima de a] gente [riscado] povo [acima] enriqueceu
145 — Ms.: igualzinho. Sem tirar nem por [riscado]. § Natale
147 — Ms.: me promete [e sobre er] ficar [por cima de letras ilegíveis] quieto
148 — Ms.: compreende? — e [por cima de se] o negócio dá [por cima de dar] certo
149 — Ms.: o doutor leva [por cima de levará] também as [riscado] as [intercalado] suas vantagens [reticências acrescentadas] hein? [riscado]
150 — Ms.: disso [sinais de separação] § Dona
152 — Ms.: ferro. A perna [riscado] Ele ficou com uma perna fora
154 — Ms.: entrou [ponto riscado] Todo cheio de [riscado] assobiando a [por cima de o] Rigoletto [riscado] Tosca [com grifo, acima]
156 — Ms.: tudo. Conteve um grito [riscado] Perguntou
158 — Ms.: Natale segurou-a se por cima de pé pelas
161 — Ms.: Deu na consorte [riscado] dona Bianca [acima] um empurrão
162 — Ms.: volta sobre [por cima de letras ilegíveis], deu um soco na [a por cima de o] cômoda [riscado] criado mudo [riscado] cômoda [acima], saiu
165 — Ms.: garrafa. Pensou [riscado] Hesitou. Saiu.
166 — Ms.: Pretinha. [sinais, espaço] § Dona

170 — Ms.: Bambino no meio
B: Bambino bem no meio
174 — Ms.: Paulista [**Assinado:**]Antonio de Alcântara Machado

B., p. 133 Nacionalidade

Folhas de escritório de advocacia no verso, canto esquerdo, alto: Machado & Rudge / Rua Libero Badaró, 87 — 1.º andar — sala 11 / Telephone Central, 5078 / São Paulo [riscado]

Ms., p. 49   Rua Sousa Lima [riscado] Nacionalidade [**grifo duplo**] [**Linhas iniciais à máquina.**] O barbeiro...di rovine [O resto à mão].

B., p. 133
1 — Ms.: rua **Barra Funda** [riscado] do [o sobre a] Gasômetro [**acima**] n **39-b** [riscado]224-B [**acima**] entre
3 — Ms.: barba (**serviço esmerado**) [riscado] lia
6 — Ms.: investida dei [**e intercalado em di**]
7 — Ms.: le posizione [**z sobre s**] nemiche
8 — Ms.: vero amazzo [**a intercalado em amzzo**] di
8 — Ms.: di battaglia sono
B: bataglia
9 — Ms.: restate **parecchie** [riscado] circa cento e novanta nemici [**ci sobre che**] Dalla nostra parte [**intercalado**] abbiamo perduto [**t sobre tt**]
11 — Ms.: ferito um **solda** [riscado] bravo, vero eroe [**e por cima de he**] che [**remontado**] si [**i sobre e**] é avventurato [**remontado**]
12 — Ms.: conquista [**letras ilegíveis**] lui há [riscado] di [**i sobre e**] una **in** [riscado] batteria [**t acrescentado**] nemica. [**Trecho todo grifado com uma linha**]
B: texto em negrito
13 — Ms.: nemica / E [**letra ilegível**] § Depois da leitura [**linhas riscadas**] [**acrescentado**]
14 — Ms.: § Comunicava ao Giácomo **engraxate** [**intercalado**] do [riscado] Salão Mundial
B: [**letras ilegíveis**] Engraxate
B: [**ilegível**] **sapatos de qualquer cor** [riscado] a nova vitória

B, p. 134
17 — Ms.: di cannone! [**remontado**]
19 — Ms.: a **navalha** [**remontado**]

21 — Ms.: § — **Ah!** [riscado] **Caramba che vittoria** [riscado] como dicono gli [**gl** acrescentado] **spagnuoli** [riscado] spagnuoli [acrescentado] [três cruzes riscadas] [espaço] § Mas
22 — Ms.: desgosto. Desgosto [s **por cima de g**]
23 — Ms.: Tanto o [sinal riscado ilegível] Lorenzo como o Bruno [dois sinais ilegíveis riscados] **Russinho de apelido** [riscado] para a saparia do Brás [acima] não
29 — Ms.: ti dico [riscado um **i**, deixa outro]
31 — Ms.: § [sinal ilegível riscado] Stai attento chi ti rompo la faccia [riscado] [sinais riscados ilegíveis] **Per l'ultima volta** [intercalado] Lorenzo!
31 — Ms.: hai [**capitto** [riscado] capito? [acrescentado]
33 — Ms.: § **Qual o que** [riscado] § Que o quê

Ms,. p. 50

34 — Ms.: § — **Ti rompo la faccia** [riscado] o masubratrone (?) [acima] **Masulatione** (?) **che um sai altro** [riscado]

B, p. 135

35 — Ms.: faccia, **cane spudorato** [riscado] figlio d'un cane [**a lápis, acima**] sozzaglione [**remontado**] [a lápis acima] che non
37 — Ms.: **Mamãe!** [sem grifo. **Mamãe!** [com dois grifos] e **Mamãe!** [com dois grifos e em letra maiúscula]
39 — Ms.: vendo [**três cruzes riscadas**]
40 — Ms.: **Era** [riscado] [**letras ilegíveis riscadas**] § **Muitas** vezes ves [riscado] muitos [riscado] § **Sentado depois do jantar** [riscado] § Depois do jantar tranqüilo punha **punh** [riscado] duas
41 — Ms.: mulher. **Os dois** [riscado] **O casal** [riscado] **ficavam letras ilegíveis** ali [riscado]. Ficaram
44 — Ms.: roxas, **vermelhas** [riscado] verdes, **amarelas** [intercalado] Às vezes
45 — Ms.: Giacomo [**letras ilegíveis**] vinha
46 — Ms.: grossa. § **Quasi que não** [riscado]
51 — Ms.: Carlino **Zan Fabri** [riscado] [**risco ilegível**] Pantaleoni, [**riscado ilegível**] proprietário
53 — Ms.: de vir **também** [riscado] também se [acima] reunir ao

B, p. 136

55 — Ms.: tanto **quem** [riscado] que nem **sentava** [riscado] parava na cadeira. **Levantava-se de momento a momento** [acrescentado no início, riscado]

Ms., p. 51   66 — § Andava
              Ms.: era muito. mas [riscado] Ficava p [borrão] rém.
              B: quieto porém
         69 — Ms.: Emília sac [mancha da outra face] dia os [mancha, da outra face] ombros [Sinal riscado, espaço]
    69 - 70 — Ms.: § Com o dinheiro que [riscado] renda do [acima, riscado] salão dava, mais o aluguel da casa do Giácomo e a da Vila Zampinetti e o da Vila Emilia o Lorenzo entrou (18 anos) entrou para interessado [Parte riscada]
         70 — Ms.: § Um dia o Ferrucio candidato a terceiro
              B: candidato do governo a
         71 — Ms.: paz do [o sobre e] Santa Cecília [riscado] distrito veio
Ms., p. 54   163 — Ms.: requerer um ao [riscado] exmo. snr. dr. [acima] Ministro
             164 — Ms.: Brasil a carta d a naturali [riscado] a carta [riscado] [a por cima do de] naturalização de
             166 — Ms.: São Paulo. § Foi concedida [riscado] assinado: A. de A. M.

ATUALIZAÇÃO ORTOGRÁFICA E NOTAS

1. Artigo de Fundo

1.ª edição — Atualização

êste, s — este, s
tambêm — tambem
veiu — veio
bôca — boca
sómente — somente
factos — fatos
crónica — crônica
á força — à força
ás virtudes — às virtudes
êles — eles
nêste — neste
redacção — redação

Notas do ed.

1. As formas em negrito devem ser mantidas, mesmo na atualização, por serem do português arcaico, reproduzido intencionalmente por A.A.M., que as retirou da Carta de Pero Vaz Caminha ao rei de Portugal, em 1500.
2. A forma "intalianinho" deve ser mantida por ter sido usada intencionalmente, para reproduzir a fala popular.
3. Índices da fala do ítalo-brasileiro devem ser mantidos, como a expressão "Per Bacco".

2. Gaetaninho

1.ª edição — Atualização

Chi — Xi
quási — quase
êle — ele
deante — diante
entêrro — enterro
tambêm — também
boleia — boléia

sossêgo — sossego
êsses — esses
jôgo — jogo
dêle — dele
bôca — boca
gurisada — gurizada
ás dezeseis — às dezesseis

Notas

1. A forma "subito", italiana, deve ser mantida tal como está.
2. Os nomes e apelidos de origem italiana devem ter sua grafia conservada: Beppino, Peronetta.
3. **Carmela**

1.ª Edição — Atualização

rua barão — Rua Barão
êle — ele
nú — nu
deante — diante
dêste — deste
á Rodolfo — a Rodolfo
inspeccionar — inspecionar
Angelo — Ângelo
tambêm — também
aquêle — aquele
cafageste — cafajeste
roe — rói
á calçada — à calçada
ninguêm — ninguém
sózinha — sozinha
ás oito — às oito
êle — ele
á luz — à luz
teteias — tetéias
chi — xi

Notas do ed.

1. Há um erro de revisão, na pág. 39: "... que conduz **as** castelo" em vez de "**ao** castelo".
2. A grafia de nomes estrangeiros deve ser mantida.
3. Reprodução da oralidade: **avexame, isbregue** por **vexame, esbregue**.

4. **Tiro de Guerra n.º 35**
1.ª edição — Atualização
jôgo — jogo
côro — coro
Bemtevi — Bentevi
quási — quase
Tieté — Tietê
chôfer — chofer
á janela — à janela
ónibus — ônibus
porêm — porém
á direita — à direita
á esquerda — à esquerda
dêle — dele
tambêm — também
á noite — à noite
êsse — esse
poude — pôde
dêle — dele
facto — fato
dêste — deste
communico — comunico
indígno — indigno
acto — ato
páteo — pátio

5. **Amor e sangue**
1.ª edição — Atualização
éle — ele
aquêle — aquele
á espera — à espera
freguezes — fregueses
tambêm — também
juri — júri
êste — este
chi — xi

6. **A sociedade**
1.ª edição — Atualização
quási — quase
veiu — veio

á pele — à pele
êle — ele
Belêm — Belém
êsse — esse
quizer — quiser
á sua — à sua
bôca — boca
direcção - direção
mezes — meses
contacto — contato
á mãe — à mãe

Nota: Cav. uff.- título honorífico: Cavaliere ufficciale.

7. **Lisetta**

1.ª **edição — Atualização**
conductor — condutor
deante — diante
poz — pôs
bôca — boca
geitosamente — jeitosamente
tambêm — também
cincoenta — cinqüenta
nêle — nele
daquêles — daqueles
Ahn! — Hã!
fôra — fora
á direita — à direita
quiz — quis
gurisada — gurizada
toma-lo — tomá-lo
á força — à força
êle — ele

8. **Corinthians (2) vs. Palestra (1)**

1.ª **edição — Atualização**
trapésio — trapézio
desafôro — desaforo
Corinthians — Coríntians
bôcas — bocas
êles — eles
dêle — dele
poz — pôs

sôco — soco
corinthianos — corintianos
azues — azuis
sôbre — sobre
êle — ele
Amilcar — Amílcar
nêle — nele
penalti — pênalti
arvores — árvores
ruido — ruído
automoveis — automóveis
esvasiando — esvaziando
Agua — água
tres — três
êsses — esses

9. **Notas biográficas do novo deputado**

1.ª edição — Atualização

poz — pôs
snr. coronel — Sr. Coronel
á sua — à sua
veiu — veio
automovel — automóvel
êle — ele
dêle — dele
tambêm — também
annos — anos
á toda — à toda
nêle — nele
á toa — à toa
geito — jeito
êsse — esse
êle — ele
ageitou — ajeitou
côr — cor
collegial — colegial
juizo — juízo
vasias — vazias

Nota do ed.
1. A grafia da carta do administrador da fazenda deve ser mantida pois é indicativa do nível cultural de quem escreve.

10. O monstro de rodas

1.ª edição — Atualização

Aida — Aída
Mariangela — Mariângela
tambêm — também
bôca — boca
sandalia — sandália
Amén — Amém
ingenuo — ingênuo
côr — cor
deante — diante
quiz — quis
sôbre — sobre
cincoenta — cinqüenta
ónibus — ônibus
entêrro — enterro

11. Armazem Progresso de São Paulo

1.ª edição — Atualização

armazem — armazém
ás excelentíssimas — às excelentíssimas
dêste — deste
contrario — contrário
bôca — boca
êsse — esse
Zézinho — Zezinho
impar — ímpar
tambem — também
á porta — à porta
êsse — esse
goso — gozo
êle — ele
facto — fato
quiz — quis
veiu — veio
chama-lo — chamá-lo
geito — jeito
poz — pôs
êle — ele
quási — quase

sôbre — sobre
sôco — soco
saíu — saiu

12. Nacionalidade

1.ª edição — Atualização

gasómetro — gasômetro
nêsses — nesses
deante — diante
fregùezes — fregueses
Emilia — Emília
ás vezes — às vezes
tambêm — também
bôca — boca
quási — quase
êsses — esses
idea — idéia
veiu — veio
europea — européia
dilecto — dileto
directorio — diretório
primeiro anista — primeiranista
á perfeição — à perfeição
á rua — à rua
construcção — construção
bacharel em ciencias jurıdicas e sociais — Bacharel em Ciências Jurídicas e Sociais
tambêm — também
bôca — boca
exmo. snr. dr. — Exmo. Sr. Dr.

Notas sobre o vocabulário:

Apesar de dicionarizadas muitas das formas que registramos nos parecem, atualmente, estranhas, por não serem de uso corrente. Por isso resolvemos organizar um pequeno glossário, que assinala só a acepção que se adapta ao contexto. Muitas vezes nenhuma dessas acepções que constam em dicionários comuns são as que cabem no texto, pois o uso popular, oral, dá sentido diverso às formas usadas.

Colocamos em ordem alfabética para facilitar a consulta e eliminar repetições.

A

aeroplano — nome dado ao "avião" — Gíria que se generalizou e substituiu o nome primitivo.
Álvares de Azevedo — Manuel Antonio Álvares de Azevedo (1831-1852) — poeta de São Paulo da chamada 2.ª geração romântica.
amassou — amarrotar, misturar — No caso pode ser a forma aportuguesada de "Amazzare" bater, matar, do italiano.

B

banzar — meditar, cismar, matutar
Bentevi — marca de cigarro da época
birote — não dicionarizado. As formas que constam são: virote, pitote: "arranjo de cabelo, todo preso atrás".
bocce — jogo com bolas pesadas: bocha.
boléia — Assento do cocheiro. Cocheiro era quem dirigia o carro puxado por cavalos.
Beppo, Beppino — Apelido italiano (de Giuseppe, José) •

C

cachaça — aguardente
cachaço — "parte posterior do pescoço".
caderneta — sistema de compra a crédito, mensal, no qual se fazem anotações numa caderneta que fica com o freguês.
cafageste — cafajeste — "indivíduo de baixa condição", "sem maneiras" e "vulgar", "infame, desprezível, biltre" — termos que constam no dicionário. No entanto, a acepção comum, é bem mais sutil e complexa. É a mescla de um pouco de ousadia e malandragem, com algumas características exteriores, como a maneira de vestir, de se apresentar. Também caracteriza moralmente alguém, por seu comportamento vulgar, beirando ao imoral.
caixa-d'óculos — aplicava-se popularmente, de modo depreciativo, a quem usava óculos. Desusado atualmente.
cara — indivíduo, sujeito.
Carabo-música conhecida na época. (Citada por E. Bosi, em depoimentos de velhos)*

(*) BOSI, Ecléa — Memória e Sociedade: lembranças de velhos. São Paulo, T.A. Queiroz ed., 1979.

carambola — fruta amarela, de sabor acidulado
carcamano — "alcunha jocosa que se dá aos italianos em vários estados"
Carlos Gomes — (1836-1896) — compositor romântico, que se notabilizou pela ópera **O Guarani**
carmim - vemelho vivo. No caso, "baton", corante dos lábios.
carro — termo que era usado para designar veículo puxado por cavalos. "Automóvel" era a palavra aplicada em lugar do "carro", na acepção atual.
casar na polícia — aplica-se, popularmente, aos casos de sedução de menor, quando a lei pode obrigar o homem a se casar.
Castro Alves — no texto, marca de cigarro ou charuto. Antonio de Castro Alves (1847-1871) foi poeta romântico e se notabilizou por cantar a liberdade, na época das lutas pela abolição da escravatura.
Centenário — 1922 — 1.º Centenário da Independência do Brasil.
centrar — futebol — "Chutar a bola em passe largo, geralmente de extrema para o centro do campo".
ciao — saudação italiana usada só como despedida, em São Paulo.
claxon, clacson, klaxon — formas que aparecem na época para designar busina. **(Klaxon** foi o nome da primeira revista modernista).
coche — carro puxado por cavalos.
conto de réis — unidade monetária antiga, equivalente a mil mil réis
Coronel — título da Guarda Nacional, dado a chefes políticos e fazendeiros, que conferia status, respeitado principalmente no interior, na zona rural.
corso — desfile de carros pelas avenidas, inclusive em passeio. Atualmente só se aplica a desfile carnavalesco.
costurar — futebol — "Desenvolver jogo de dribles e passes curtos bem coordenados por entre os adversários, envolvendo-os.
criado-mudo — mesinha de cabeceira.
chibante — "brigão, fanfarrão".
chuchurreadamente — "gole ou beijo ruidoso e demorado".
chumbeva — não dicionarizado, refere-se à forma do nariz. No texto, substitui **arrebitado,** que consta do manuscrito.

D

Dante Alighieri — poeta italiano, autor da **Divina Comédia.**
dar na telha — "Dar na veneta, vir à idéia".
deixar de fita — deixar de fingimento. **(deixar de onda,** em gíria atual)
driblar — "enganar o adversário negaceando com corpo e mantendo o controle da bola a fim de ultrapassá-lo. Fintar".
duzentão — popularmente, moeda de 200 réis — Desusado.

E

empatar — embaraçar, tolher.
equimose — mancha escura na pele, resultante de hemorragia.
escachar — o sentido dicionarizado é: "fender, rachar" que não corresponde à acepção popular, que é de caçoar, fazer gozação, esculhambar.
escangalhado — arrebentado.
eta — interjeição que exprime "alegria, incitamento, surpresa, espanto". Muito usado pelos modernistas, que a aplicam a si mesmos, na expressão: "Eta nós"
entrevia — "a menor distância, medida de centro a centro, entre duas vias férreas adjacentes"

F

Fagundes Varella — Luís Nicolau Fagundes Varella (1841-1875) — poeta romântico que se popularizou principalmente pelo poema "Cântico do Calvário", motivado pela perda do filho.
Fanfulla — jornal italiano de São Paulo, empastelado em certa época por ser partidário do fascismo
Feitiço — jogador de futebol famoso na década de 20.
fiteira — que faz fita, fingida **(de fita de cinema?)**
Friendenreich — jogador de futebol famoso na década de 20.
fura-bolos — nome dado ao dedo indicador.

G

gasosa — refrigerante. Limonada gasosa.
galego — "alcunha de português, depreciativo"
ginete — cavalo de raça.
gozar a fresca — tomar ar, ficar ao ar livre.
grilo — guarda de trânsito em São Paulo. Desusado.
goiabada **Pesqueira** — marca de doce.

H

Hamburguesa — marca de cerveja.
Henri Ardel - escritor francês.

I

impedimento — futebol — "situação em que o jogador se encontra sem nenhum adversário pela frente antes de a bola lhe ser lançada de trás, o que constitui uma infração" (off-side)
isbregue — reprodução da oralidade. A forma dicionarizada é esbregue — confusão, repreensão, descompostura, rolo.

J

jacobinismo — patriotismo xenófobo (que não aceita o estrangeiro)
jogo do bicho — jogo muito popular, criado no Brasil; espécie de loteria no qual a cada bicho corresponde um número. Muito praticado, embora oficialmente proibido, utiliza-se dos números sorteados pela Loteria Federal.

L

Lancia Lambda — marca de carro de luxo.
lapada — lambada, bofetada
Leonardo da Vinci — pintor e escultor, sábio italiano da época do Renascimento. Seu mais famoso quadro é **La Gioconda**.
ligar, não ligar — (não) dar atenção, (não) dar bola.
locomotiva — máquina que puxa os vagões do trem. No caso, carrinho com máquina de fazer pipoca e algodão doce.

M

macacada — turma, pessoal.
mamaluco — variante de "mameluco", ou seja, produto do cruzamento do índio com o negro. Mas ao dizer "novos mamalucos", "nova fornada mamaluca" o autor quer se referir à mescla do italiano com o brasileiro, notadamente em São Paulo, que ele chama de "ítalo-paulistas".
maxixar — dançar o maxixe, dança urbana do Rio de Janeiro, de coreografia complexa, exigindo grande habilidade dos dançarinos.
meia Pretinha — meia garrafa de cerveja preta.
mondrongo — "alcunha de português".

O

organdi — "tecido transparente, usado para roupas femininas".

P

palacete — casa suntuosa. Desusado, substituído por **mansão**.
Palestrino — torcedor do Palestra (antigo clube Palmeiras).
professora pública — professora primária da rede oficial. Desusado.
palheta — chapéu de palha.

Q

quatrocentão — moeda de 400 réis — Desusado.
Queijo **Palmira** — marca de queijo.
quinhentão — moeda de 500 réis. Desusado.

R

Ramenzoni — marca de chapéu até hoje existente.
refle — "sabre — baioneta usada por forças policiais", "espingarda curta, espécie de bacamarte".
rojão — foguete, usado em festas juninas e em ocasiões comemorativas.
roupa marinheira — traje em moda na época à maneira de uniforme da marinha.

S

salame — futebol — "drible, movimento do corpo para se desviar do adversário. Derivação regressiva de "salamaleque".
Salomone — nome italiano.
Sudan ovaes — marca de cigarro, que distribuia prêmios na forma de cheques.
sapo (sapiar, saparia) — "Indivíduo que assiste a um jogo sem nele tomar parte; mirone". Usado, também, como grupo, bando: saparia do bairro.
sarapintado — "Que tem pinta, pintalgado".

T

tabefe — tapa, soco, sopapo.
tapear — enganar.
Tiro de Guerra — uma das formas de prestar serviço militar, obrigatório aos maiores de 18 anos.
tripeiro — vendedor de tripa, bucheiro.
trouxa — "indivíduo fácil de ser enganado".

X

Xi - interjeição, indicando "espanto, admiração, surpresa, alegria". Desusado.

A FORTUNA CRÍTICA DE BRÁS, BEXIGA E BARRA FUNDA E LARANJA DA CHINA

Esta parte do volume, reservada à bibliografia de e sobre a obra e à seleção de estudos críticos, se estrutura da seguinte forma: inicialmente traz em ordem cronológica as edições públicas da obra, a partir da 1.ª edição em livro, sofrendo, cada uma, rigorosa caracterização, que individualiza cada edição. No caso específico, por se tratar de volume de contos, fez-se necessária a inclusão do item relativo a contos avulsos que subdividimos em: edição parcial de alguns contos publicados antes da edição em livro. (Acreditamos que este item enriqueça a bibliografia da obra, por se tratar inquestionavelmente de edição pública, ainda que parcial, anterior ao livro) e divulgação da obra do autor, ficando clara, inclusive, a preferência do público — de certo público, pelo menos — que pode externar seu gosto, promovendo a republicação de contos em periódicos. A freqüência maior incide em Gaetaninho, seguido de longe por Carmela, no caso de **Brás, Bexiga e Barra Funda**, e A piedosa Teresa, (A dança de São Gonçalo) e o inteligente Cícero, do **Laranja da China,** para só mencionar contos das obras que constituem agora o objeto de nossas considerações. Outro fato que se faz notório é o gosto em ilustrar tais contos, surgindo uma galeria de tipos que concretizam plasticamente a criação literária de Antonio de Alcântara Machado. Algumas dessas ilustrações estão aqui reproduzidas.

Quanto ao item seguinte, a um simples exame superficial dá a perceber que estudos específicos a obras isoladas são quase todos do ano de sua publicação. Muitos se ampliam em considerações mais profundas, indo além do mero intuito informativo da resenha; por ocasião da publicação do segundo livro de Antonio de Alcântara Machado nota-se a tendência em mencionar também a obra anterior — **Pathé-Baby** — com a qual o autor passou a ocupar lugar de destaque no movimento modernista. Atitude que se reforça com a publicação de **Laranja da China,** do ano seguinte, 1928 — quando então será comum a abordagem das três obras, simultaneamente. Como a segunda edição de **Brás, Bexiga e Barra Funda** foi conjunta com **Laranja da China,** com prefácio de Sérgio Milliet, em 1944 passa-se a falar quase sempre dessas duas obras ao mesmo tempo, com referências a **Mana Maria e contos,** de edição póstuma, em 1936. **Pathé- Baby** não teve reedição, e com a reunião de **Brás, Bexiga e Barra Funda, Laranja da China,**

Mana Maria e contos avulsos em **Novelas Paulistanas,** que saiu em 1961, as críticas, daí em diante, são quase todas do conjunto aí reunido, visto como obras completas do autor. Essa é uma das razões de não se colocar, na seleção de críticas que reproduzimos, estudos específicos a cada obra realizados em épocas diversas. Menções às obras houve, muitas vezes, mas em geral relembradas em ocasiões em que a figura do autor — Antonio de Alcântara Machado — merece o primeiro plano —, como se deu por ocasião de sua morte prematura e inesperada, em 1935, ou em sucessivas datas comemorativas deste acontecimento. Notícias e notas, em jornais, são abundantes sobre o autor e sua produção publicada em livro — mas pouco se pode extrair como dado crítico, que tenha valor perdurável. A falta de críticas específicas gerou outro tipo de atitude ante a obra de Antonio de Alcântara Machado: a preocupação em realizar estudos abrangentes, da totalidade de sua produção, procurando sanar a ausência de críticas mais profundas, de obras isoladas ou aspectos determinados. O tratamento genérico de toda a obra editada ou a predominância de atenção à figura de Antonio de Alcântara Machado, como jornalista, escritor, político é a constante dos estudos que localizamos: fato que deve ser encarado, portanto, como uma peculiaridade inerente às circunstâncias, e não à Bibliografia em si. Por isso, separamos, na Bibliografia, estudos que oferecem abordagem de caráter amplo, sobre a produção em geral do autor e estudos sobre cada obra em questão. É evidente o desequilíbrio, ficando clara a obrigatoriedade de consulta aos estudos gerais para colher dados sobre uma ou outra obra.

SELEÇÃO DE CRÍTICAS

ÀS SEGUNDAS*

Stiunirio Gama**

Os leitores não ignoram os laços de amizade que me prendem a Antonio de Alcântara Machado. Ao aparecer o seu **Pathé-Baby**, esse livro encantador cuja edição foi rapidamente esgotada, cousa rara nesta terra, onde se procuram apenas livros de autores estrangeiros, disse a seu respeito uma porção de cousas que poderiam hoje concorrer para que fosse inquinado de suspeito, se os leitores não lhe conhecessem o valor através dos seus magníficos solos de cavaquinho, aos sábabos.

x

Sou, não há dúvida, grande amigo de Alcântara e admirador sincero do seu belo talento. A amizade e a admiração que lhe voto há tantos anos, porém, não pesam na apreciação que me proponho fazer do seu novo trabalho, lançado no mercado livresco na semana finda. E nela também não influem as generosas palavras, escritas e impressas, com que me distinguiu nas páginas de honra do seu volume de contos, destinado ao mais entusiástico acolhimento por parte da crítica e do público.

A amizade não me cegou nunca. Os verdadeiros amigos o são de fato, quando manifestam francamente seu modo de pensar, agrade ele ou desagrade. De Alcântara Machado (Antonio) divergi muitas vêzes. E muitas vêzes tivemos acalorados debates, dos quais a nossa amizade saiu mais consolidada. E novas divergências, novos debates teremos ainda. Não sou, pois, um incondicional. No dia em que, para ser agradável a alguém, tivesse que contrariar minha opinião íntima, a pena certamente não me obedeceria. Alcântara e todos os meus companheiros me conhecem bastante para atestar que não estou a dizer isto com o intuito de valorizar os períodos que **Brás, Bexiga e Barra Funda** me sugeriram.

Absolutamente.

(*) **Jornal do Comércio**, 14 de março de 1927
(**) Pseudônimo de Mário Guastini, crítico literário e diretor do **Jornal do Comércio**, S. Paulo

X

Como **Pathé-Baby**, os contos enfeixados no elegante volume de Antonio nasceram nas colunas do **Jornal do Comércio**. **Gaetaninho**, o primeiro deles, saiu na página **Só aos domingos**. Depois desse, outros vieram. A maioria, entretanto, é inédita. Mas, meu encargo não é contar como nasceram esses contos, melhor, esses estudos de tipos que enchem as ruas de S. Paulo. Minha obrigação é dizer se eles têm merecimento. E, antes de mais nada, sem detalhar, afirmo que **Brás, Bexiga e Barra Funda** é livro simplesmente delicioso, que a gente lê de um fôlego e entristece ao chegar ao clássico fim.

Antonio de Alcântara Machado é um escritor que encanta com a sua prosa clara e incisiva, com a sua observação penetrante e pouco comum em homens de sua idade. Alcântara é uma analista invejável. Com duas penadas, traça o perfil físico, moral e intelectual dos seus tipos, que vivem, se movimentam e conversam com o leitor.

E se **Pathé-Baby** denunciara o escritor impressionista por excelência, **Brás, Bexiga e Barra Funda** autoriza a afirmar, sem receio, que seu autor, se o quiser, será um notável romancista. Para isso não lhe falta imaginação e sobram-lhe as qualidades de cuja ausência se ressente a maioria dos nossos escritores que tentaram fazer romance. O segredo do romance não reside no seu entrecho, mas na apresentação dos tipos ideados e no desenvolvimento dos episódios que se devem desenrolar com espontaneidade e leveza. Ora, cada um dos contos do novo livro de Antonio de Alcântara Machado patenteia essas qualidades todas, apontando-o como um dos poucos publicistas nacionais capazes de nos oferecer, dentro em breve, primorosos romances de costumes.

X

Brás, Bexiga e Barra Funda não é um livro. Quem o afirma é o autor e eu divirjo. Para Antonio é um jornal que reúne tão somente notícias de S. Paulo. É uma folha que procura apresentar reportagens, cenas de rua, nas quais figuram personagens que formarão a população de S. Paulo de amanhã. Os ítalo-paulistas mereceram a atenção do escritor, que apanhou flagrantes interessantíssimos. Apanhou os tipos e reproduziu a sua linguagem curiosa. E foi de uma grande felicidade. Feche-se o leitor numa sala e leia, depois, em voz alta, um dos contos de Antonio. As pessoas que se encontrarem ao lado de fora, terão a impressão exata de que estão a ouvir um desses pequenos apaixonados comentadores dos jogos do Palestra ou umas dessas graciosas costureirinhas de cabelos cortados a contar à companheira as suas venturas amorosas.

Para muitos, as páginas de **Brás, Bexiga e Barra Funda** parecerão charges satíricas, reveladoras da italofobia do autor.

Errará, porém, quem assim as quiser apreciar, pois o escritor, no prefácio, que subordinou ao título **artigo de fundo,** explicou claramente, lealmente sua intenção. E mesmo se não a tivesse explicado bastaria para a denunciar o núcleo de nomes ítalo-brasileiros aos quais o livro é dedicado.

Apesar disso, porém, parece-me oportuna a reprodução, aqui, dos últimos períodos do **artigo de fundo**:

....

"**Brás, Bexiga e Barra Funda**" como membro da boa imprensa que é tanta fixar tão somente alguns aspectos da vida trabalhadeira, íntima e cotidiana desses novos mestiços nacionais e nacionalistas. É um jornal. Mais ainda. Notícia. Só. Não tem partido nem ideal. Não comenta. Não discute. Não aprofunda. Principalmente não aprofunda. Em suas colunas não se encontra uma única linha de doutrina. Tudo são fatos diversos. Acontecimentos de crônica urbana. Episódios de rua. O aspecto étnico-social dessa novíssima raça de gigantes encontrará amanhã o seu historiador. E será então analisado e pesado num livro. "Brás, Bexiga e Barra Funda", não é um livro. Inscrevendo em sua coluna de honra os nomes de alguns ítalo-brasileiros ilustres, este jornal rende uma homenagem à força e às virtudes da nova fornada mamaluca. São nomes de literatos, jornalistas, cientistas, políticos, esportistas, artistas e industriais. Todos eles figuram entre os que impulsionam e nobilitam neste momento a vida espiritual e material de S. Paulo. "Brás, Bexiga e Barra Funda" não é uma sátia.

x

Antonio de Alcântara Machado fixou apenas alguns aspectos da vida trabalhadeira, íntima e cotidiana desses novos mestiços nacionais e nacionalistas. Disse bem: nacionais e nacionalistas porque o filho de italiano nascido no Brasil leva seu amor à terra que lhe foi berço ao ponto de tornar-se jacobino extremado. Numa roda em que se procure arranhar o nosso país, o ítalo-brasileiro será mais ardoroso na defesa do que o brasileiro puro.

Mas ao fixar esses aspectos, o autores de **Brás, Bexiga e Barra Funda,** foi apanhar seus tipos muito ao rés-do-chão. Mergulhou, talvez, na maioria. Forçoso, porém, é reconhecer que a mentalidade de toda a gente nova formada pelos ítalo-paulistas não é afixada pelo ilustre escritor. Nem a mentalidade, nem o seu linguajar. E, sem querer, lá foi o termo tão da simpatia de Martin Damy.

Essa escolha, porém, deve ter sido propositai. Se Antonio tivesse procurado apanhar flagrantes em camadas de sobre-loja e de primeiro andar, não faltaria quem lhe quisesse atribuir intuitos pejorativos. E esses intuitos ele não os teve. Garanto-o.

X

Já disse acima que **Brás, Bexiga e Barra Funda** é um livro delicioso. E o é de fato; sem favor. Os contos que reúne em suas páginas são verdadeiras jóias literárias. Qualquer um deles, ao acaso, agradará. E mesmo que assim não fosse bastaria um, um apenas, para confirmar o indiscutível valor de Antonio de Alcântara Machado. **Corinthians** (2) vs. **Palestra** (1) é uma perfeição. Em quatro páginas e meia, o leitor assiste a um desses empolgantes jogos de futebol acompanhando todas as peripécias, sem perder uma frase, um movimento sequer dos apaixonados torcedores. São quatro páginas e meia vividas, são vinte e dois jogadores que driblam e marcam pontos para o seu clube, são um mundo de espectadores que **escutam** o calor e **sentem** os gritos, são uma multidão que vibra de entusiasmo.

E para quem é capaz desse prodígio todos os elogios serão poucos.

VIDA LITERÁRIA. ANTONIO DE ALCÂNTARA MACHADO — **Brás, Bexiga e Barra Funda** — Editorial Helios — S. Paulo, 1927*

Rodrigo M. F. de ANDRADE

O sr. Antonio de Alcântara Machado não é homem com quem se possa usar de rodeios. Quem quiser se ocupar do que ele escreve tem de entrar diretamente em matéria, sem intróitos e sem considerações preliminares. Seus livros não se prestam a divagações, nem dão margem a frases bonitas. Não solicitam apenas o espírito do leitor. Agridem e agarram a atenção: de dentro deles não se sai com duas razões. Este novo **Brás, Bexiga e Barra Funda** — desafia o mais ardiloso compositor de variações sobre temas literários, o mais esperto fabricante de contrastes e confrontos. Não há meios de tomá-lo decentemente como objeto de especulações de ordem geral ou como ponto de partida para demonstração de verdades. Nem se pode com

---
O Jornal, Rio de Janeiro, 3 de abril de 1927 (Recorte do Arquivo Mário de Andrade do Instituto de Estudos Brasileiros da USP)

honestidade opô-lo ou compará-lo a outros livros, para efeitos de crítica sabida.

O pequeno volume do sr. Antonio de Alcântara Machado está sozinho no meio do modernismo brasileiro. Não tem relação visível com a literatura contemporânea, estrangeira e nacional. Nem com a própria literatura anterior do sr. Antonio de Alcântara Machado. Do **Pathé-Baby** ao **Brás, Bexiga e Barra Funda** vai uma distância considerável. Não há traços comuns, não há semelhança fisionômica entre os dois: nem parecem irmãos. O primeiro (ou o primogênito, como ele diz) é um caboclo sacudido, claro, alegre, inteligente, mas talvez seguro de si um pouco demais e empenhado demais, possivelmente, em mostrar-se homem de seu tempo. Cara expressiva decerto, com os seus olhos espertos e o mento voluntarioso. Mas dando ainda um ar de família com os outros modernistas. O segundo, não. "Proles sine matre creata". Cidadão prestante feito por si. Alto, anguloso, cheio de inquietação contida. Vivido. Econômico, ao contrário do outro, que era dissipador. Sério, despreocupado de modas.

Tem-se sempre certa desconfiança, ao escrever sobre um livro moderno, de formar juízos precipitados. Tanto se tem insistido sobre a necessidade de recuo no tempo para o efeito de julgamentos equitativos que a gente acaba perdendo a coragem afirmativa ao tratar da literatura de hoje. E tende-se insensivelmente para as restrições medrosas no papel ultraridículo de quem se assusta pensando em ser chamado a contas pela posteridade. Mas, no fundo, aquela necessidade de recuo é conversa. O tipo de conversa fiada que não se pode ter com um homem do feitio do sr. Antonio de Alcântara Machado. Se se for esperar que o tempo passe para formar um juízo acertado sobre **Brás, Bexiga e Barra Funda**, cai-se em erro como três e dois são cinco. Daqui a vinte anos, por exemplo, já esses bairros italianos de São Paulo terão aspecto completamente diverso de hoje e o crítico que analisasse os contos do sr. Antonio de Alcântara Machado lhes acharia menos verdade humana, menos vigor patético do que possuem de fato. Desconhecendo o drama atual, não sentiria, como nós sentimos a profunda significação desses contos.

Não há nada pior do que o indivíduo metido a desabusado e a sabido, em matéria de crítica literária. O que torna a leitura de um Sainte Beuve irritante, hoje em dia, é precisamente a sua preocupação de não se deixar embair. Ele não se acanhava de pôr um ponto de admiração ao fim de cada verso de Melleagro. Mas tinha vergonha de admirar do mesmo modo os contemporâneos: Stendhal, por exemplo. No entanto, a verdade é que, em literatura como no resto, só se pode apreciar com acerto o que está próximo. É uma ilusão pensar-se que julgamos Dante ou Cervantes melhor do que os seus contemporâneos. E outra supor-se que o critério dos críticos futuros sobre as obras de hoje será mais justo que o nosso. Isso de apelar para a posteridade é bom para os políticos e os estadistas impopulares. Do valor exato de um livro só podem dizer os contemporâneos: os juízes dos pósteros emite-se forçosamente a torto e a direito. Nada, por conseguinte, mais infantil do que refrear-se o sentimento de admiração que nos inspire a obra de um autor moderno, com medo de que venham dela pensar mais tarde. Daqui a vinte anos muito provavelmente não se farão os julgamentos segundo as medidas de hoje. Mas isso não é razão para pretendermos julgar com as medidas de daqui a vinte anos; porque nem nos é possível adivinhá-las, nem elas se aplicariam convenientemente ao que nos interessa hoje em dia.

Quem, com efeito, melhor do que nós, entenderá o forte espetáculo da integração do imigrante italiano em nosso meio? Certo, o futuro avaliará com mais precisão o efeito da assimilação daquele elemento estrangeiro pelo nosso corpo social. Extrairá melhor do que nós a moralidade da história. Mas a própria trama dessa história, os episódios que a constituem, só quem a viveu e quem os assistiu pode entendê-los completamente. A impressão que experimentamos diante do livro do sr. Antonio de Alcântara Machado será, portanto, mais justa do que a que ele produzir futuramente, se for lido daqui a vinte anos. E não haveria fraqueza mais lamentável do que contermos a nossa admiração diante dele, que disfarçarmos a emoção que nos desperta.

Brás, Bexiga e Barra Funda, segundo o sr. Antonio de Alcântara Machado, "é um jornal. Mais nada. Notícia. Só. Não tem partido nem ideal. Não comenta. Não discute. Não aprofunda".

"Principalmente não aprofunda", diz ele. Mas fala, por modéstia, ou por falsa-modéstia, porque, de fato, aprofunda sempre. O que não faz é repisar os temas e andar à volta deles. É fazer o que fiz um pouco acima, a propósito do "recuo no tempo": dizer a coisa mal e mal; depois, repetir em outro tom; mais tarde, tentar explicar a mesma coisa; enfim voltar ao ponto de partida, com certo acanhamento. O sr. Antonio de Alcântara Machado não tem desses desfalecimentos. É incapaz de repisar e de derramar-se à toa. E não é porque seja ligeiro ou superficial, nem porque seja cronista, como parece dar a entender, no prefácio chamado "artigo de fundo". Ele vai fundo, mas de um golpe só, rápido e certo.

Em **Brás, Bexiga e Barra Funda** não há nada supérfluo. É um livro conciso, como talvez não tenha surgido até hoje nenhum no Brasil. Não tem mais uma nesga de literatura. O primeiro conto — "Gaetaninho" — por exemplo, desenvolve-se em menos de 100 linhas do tipo grande e tem uma intensidade dramática estupenda. O sr. Antonio de Alcântara Machado não se deixa levar pela história, nem se perde em incidente e explicações. Conduz a narrativa com uma segurança magnífica.

Para avaliar-se bem a virtude do "Gaetaninho" é preciso fazer-se o que o seu autor não se permite nunca, isto é, compará-lo a outro menino. Há poucos anos aqui no Teatro Municipal, o sr. Adelmar Tavares contava a história de um Antoninho, Laurindinho, ou coisa parecida. Duas horas, pelo menos de narrativa, naquele tom de discurso de antigamente. O caso do menino parece que era muito triste, porque de quando em quando, se ouvia a voz soluçante do sr. Adelmar Tavares repetir-lhe o nome: "Antoninnnnho! Antoninnnnho!" Quando o público principiava a resignar-se a ouvir aqueles lamentos até a consumação dos séculos, a história acabou. Desconfiou-se de que o Antoninho tivesse morrido. Pudera: "Antoninnnnho!"

O "Gaetaninho" do sr. Alcântara Machado pode ser lido em dez minutos. Mas faz pensar muito tempo e não sai mais da memória da gente.

"A gurizada espalhava a notícia na noite.

— Sabe o Gaetaninho?

— Que é que tem?

— Amassou o bonde!

A vizinhança limpou com benzina as roupas domingueiras".

Não é só esse desfecho trágico de Gaetaninho que não se esquece mais. É um pedaço pitoresco de bairro italiano. Um pedaço de vida.

E todos os contos do Brás, Bexiga e Barra Funda estão à altura do "Gaetaninho". No último — "Nacionalidade" — está condensado e resolvido, melhor que no **O Estrangeiro**, o problema que se propôs o sr. Plínio Salgado: — isso, sem figuras simbólicas e sem literatura. Nos outros aparecem todos os aspectos essenciais do "consórcio da gente imigrante com o ambiente" brasileiro. Mas sem "parti-pris". O sr. Antonio de Alcântara Machado não dá a impressão massante do cavalheiro que se propôs estudar um problema social por meio de histórias. Nem parece desses que fazem de cada conto uma demonstração. Se aquelas questões despontam no **Brás, Bexiga e Barra Funda** é que estão misturadas à vida dos personagens que excitaram a imaginação e a sensibilidade do escritor e não porque este queira doutrinar sobre elas.

A forma do sr. Antonio de Alcântara Machado é sua só. Não se sente nela a influência de ninguém. Neste livro novo mais do que no anterior seu estilo é preciso, direto, conciso. Não tem a preocupação de ser moderno. E é. Intensamente. (Como ele diria).

A influência cada dia maior do sr. Mário de Andrade andava "standartizando" a nossa prosa modernista. Ainda há poucos dias, mostraram-me um artigo publicado na Paraíba sobre "Mário de Andrade, escritor brasileiro", que parecia escrito pelo próprio autor do **Losango Cáqui**. Por isso mesmo, dava uma impressão penosa. No estilo de **Pathé-Baby** e sobretudo do **Brás, Bexiga e Barra Funda** não há sestros aprendidos com os outros. Quem pratica muito o sr. Antonio de Alcântara Machado é que corre o risco de acabar escrevendo a seu modo, brusco, sacudido. Perde insensivelmente a superstição dos períodos cheios, ritmados, sabiamente equilibrados. Despreocupa-se de todos os efeitos sonoros e "alcantaraniza-se" afinal. O autor do **Pathé-Baby** tem a força e o feitio dos homens contagiosos de que falava Jean Cocteau. Por isso mesmo não será prudente recomendar-se à meninada que vá buscar ensinamentos no **Brás, Bexiga e Barra Funda**.

Mas quem tiver dúvidas ainda sobre a benemerência do movimento modernista no Brasil, leia o volume novo do sr. Antonio de Alcântara Machado. **Brás, Bexiga e Barra Funda** não é só um dos mais admiráveis livros de prosa nacional. É também um dos nossos melhores livros de poesia.

O ESPÍRITO DOS LIVROS
Brás — Bexiga e Barra Funda
de António de Alcântara Machado*

Martin Damy

Antonio de Alcântara Machado está aí de novo. E sobraçando mais uma vez um livro de ambientes.

Desta vez, porém, não foi a velha Europa — cansada nas suas terras, descorada nas suas paisagens, egoísta no seu querer — que forneceu temas à observação do jovem escritor. Não. Sua sensibilidade entrou agora em contato com a terra brasileira. Melhor ainda, com a terra paulistana.

De fato — os bairros cheios da gente alegre que se vai caldeando nas longas e mal calçadas ruas de S. Paulo foram os cenários onde se abriu a **objetiva** observadora do talentoso autor de **Brás, Bexiga** e **Barra Funda**.

Livro com intuitos nacionalistas, é ele entretanto totalmente diferente dos outros livros nacionais. Alegre sem ser satírico, crítico sem ser mordaz, é por certo o demarcador do início de uma literatura que ainda vai servir de tema para muita gente. Pode-se até dizer que é ele o primeiro traço com que se sublinhou a existência de uma sub-raça brasileira.

Feito, como se verá, de madeira nova — focaliza um campo onde jamais trabalhou a pena brasileira — **Brás, Bexiga e Barra Funda** é a revela-

---
(*)**Jornal do Comércio**, S. Paulo, 6 de abril de 1927

ção de ambientes genuinamente brasileiros, é a revelação de que andam por aí almas anônimas à espera de que inteligências superiores lhes decifrem o destino.

Para mim, Antonio de Alcântara Machado é um desses escritores superiores. Graças ao seu talento enorme, esse recanto anônimo da alma brasileira já saiu do silêncio. E a pintura que dele nos fez o jovem autor é uma demonstração a mais da sua riquíssima vocação para desdobrar aos nossos olhos ambientes interessantes e virgens.

Seu estilo para isso possui todos os requisitos indispensáveis.

Essencialmente moderno, não entra contudo na química das frases incompreendidas. É nítido e franco, ágil, elástico, sem escamoteações de lantejoulas cegantes. Guardando vivacidade, não se apressa nunca. Pára somente após ter esgotado o assunto. Antes, não.

Suas páginas, em **Brás, Bexiga e Barra Funda,** são na verdade assim — de notas sincopadas e de pensamentos galopados em sentenças rápidas. Mas, quanto ardor nos seus ardores contidos, quanta agudeza na análise carinhosamente suavizada, quanta mordacidade na ingenuidade atirada em quase todas as suas páginas. É um reticenciar constante. Um constante entrelaçar de imagens, um cruzamento ininterrupto de observações. De quando em quando, um apito estrídulo. E o autor fecha então voluntariamente o trânsito às suas considerações de ambientes para deixar passar o cortejo das **Carmelas,** dos **Gaetaninhos.**

É então a São Paulo todinha dos italianos que vem até a nossa emoção. Mais que isso — é toda a Itália imigrada que vem até nós. E em luta com o meio e dominada por ele, seus braços se nos abrem amigos. E nós os vencemos, e o italiano fica sendo brasileiro.

Não acreditam os senhores? Pois leiam o livro de Antonio de Alcântara Machado.

x

Brás, Bexiga e Barra Funda não é superior a **Pathé-Baby,** o primeiro livro de Antonio de Alcântara Machado. Leva-lhe entretanto a vantagem da originalidade.

Ele de fato estuda o que ninguém até hoje estudara com visão nova: a fermentação de uma nova raça no meio da gente paulista. Já nos desinteressa a sub-raça nascida do português com a índia, do português com a negra reboladeira.

O português deixou o seu papel de refinador de povo escuro. Deu agora para voar. E só lhe dizem bem no momento "os ares nunca dantes navegados".

E voam no espaço azul, à procura de estrelas brancas...

Por isso vai morrendo entre nós a raça mestiça. Ou melhor, está paralisada, continuando mulata, pernosticamente mulata, enquanto o italiano, bonito e alegre, casado com brasileiras ou mesmo com as suas patrícias, vai jogando nas ruas dos nossos bairros a raça nova dos ítalos-paulistas.

Boa raça, linda raça. Não obstante os seus entusiasmos incontidos pelo Sr. Mussolini e a sua paixão tenaz e invencível pelo **Palhaço**, de Leoncavallo, é ainda a garganta mais forte e sincera de onde escorre o grito de entusiasmo pela imensa terra brasileira.

Pois é exatamente essa gente — nascida **do carcamano**: os italianinhos de S. Paulo — que Antonio de Alcântara Machado trouxe para as páginas do seu novo livro.

Para um espírito antigo, **Brás, Bexiga e Barra Funda,** não passa de simples notas taquigráficas para serem desenvolvidas em vários volumes. Tanta síntese, tanta simultaneidade, sugestões apenas esboçadas, estudos unicamente delineados não constituem, para os escritores velhos, um repositório de valor.

Para os novos, muitas vezes desorganizados nos seus juízos, por entenderem que a originalidade não pode ser coisa patrícia, o livro de Antonio de Alcântara Machado peca também por um excesso de descrições, enfada pela preocupação constante de tudo esclarecer.

Opiniões. E como em cada juízo cabe um disparate sem senso, eu não me admirarei muito que este livro maravilhoso ande negado por antigos e modernos. Quero entretanto afirmar que o admiro exatamente por ser rápido e por saber descrever o ambiente em que vive a gente ítalo-paulistana.

É verdade que andam por aí a dizer que eu faço parte de uma **igrejinha** literária. E que dessa **igrejinha** o santo de meu"béguin"é o Antonio de Alcântara Machado.

Não faz mal que assim seja. É santo milagroso. Já conseguiu transformar em realidades artísticas o objetivismo grosseiro que os seus olhos viram se apodrecendo nas ruas e bairros de São Paulo.

E que outro escritor nosso já fez isso?

x

A crítica que se levanta contra **Brás, Bexiga** e **Barra Funda,** crítica que os passadistas vão espalhar na estética estagnada do público emperrado e incapaz, encontra rebate pleno no **artigo de fundo**, o original prefácio, em que Antonio de Alcântara Machado explica o fim do seu livro.

Brás, Bexiga e Barra Funda, não é um livro, diz o seu autor. É um jornal onde se vai estampar a vida nova de tanta gente ignorada. É "como membro da livre imprensa que é tenta fixar tão-somente alguns aspectos da vida trabalhadeira, íntima e cotidiana desses novos mestiços nacionais e nacionalistas. É um jornal. Mais nada. Notícia. Só. Não tem partido nem ideal. Não comenta. Não discute. Não aprofunda".

Não é verdade que este livro não aprofunde os aspectos da vida dos novos mestiços da gente paulistana. Ele os aprofunda e de uma maneira sagaz, alargando as perspectivas do seu ambiente e focalizando o projetor da sua crítica em projeções amplas e inéditas. E tudo isso sem a bateria ensurdecedora da adjetivação nacional, sem a mania pedante das análises demoradas e pretensiosas. Apenas com as meias tintas da argúcia, com as pinceladas rápidas e incisivas do humorismo adequado, com a evocação justa das fisionomias físicas e morais das personagens.

As suas descrições — o tormento daqueles que andam querendo escrever com palavras soltas — interrompem-se no momento oportuno. Apenas sugerem, abandonando assim totalmente a preocupação dos da velha guarda que se detém em todos os pormenores de um quadro.

É que Antonio de Alcântara Machado entende que só se deve anotar a variação de um quadro. O seu fundo estável foge das suas cogitações.

E por isso mesmo somos nós que lhe vamos enchendo os vazios. E esta operação torna-se tão encantadora para nós que, uma vez lido um dos seus **artigos,** fica-se a pensar nele demoradamente, pondo-se-lhe aqui um metrinho a mais de descrição, ali um palminho ainda mais longo da carinha deliciosa, acolá palavras mais demoradas nos diálogos interrompidos.

Vejam **Carmela.** Quanta sugestão nas duas linhas rapidíssimas. E quanta precisão. É a sua linguagem é tão perfeita nos diálogos dessas costureirinhas, que a sua conversação fica a alegrar-nos o ouvido por horas inteiras. Lendo-o então, sem o querer, vamos dando-lhe a pronúncia exata da italianinha dos "ateliers". Tal qual o Napoleão de Aguiar.

x

"Dezoito horas e meia. Nem mais um minuto porque a madama respeita as horas de trabalho. Carmela sai da oficina. Bianca vem ao seu lado.

A rua Barão de Itapetininga é um depósito sarapintado de automóveis gritadores. As casas de modas despejam nas calçadas as costureirinhas que riem, falam alto, balançam os quadris como gangorras.
— Espia se ele está na esquina.
— Não está.

— Então está na praça da República. Aqui tem muita gente mesmo.
— Que fiteiro!

O vestido de Carmela coladinho no corpo é de organdi verde. Braços nus, colo nu, joelhos de fora. Sapatinhos verdes. Bago de uva Marengo maduro para os lábios dos amadores.
— Ai que rico corpinho!
— Não se enxerga, seu cafajeste? Português sem educação! Abre a bolsa e espreita o espelhinho quebrado que reflete a boca reluzente de carmim primeiro, depois o nariz chumbeva, depois os fiapos de sobrancelha, por último as bolas de metal branco na ponta das orelhas descobertas.

Bianca por ser estrábica e feia é a sentinela da companheira.
— Olha o automóvel do outro dia.
— O caixa d'óculos?
— Com uma bruta luva vermelha.

O caixa d'óculos pára o Buick de propósito na esquina da praça.
— Pode passar.
— Muito obrigada.
Passa na pontinha dos pés. Cabeça baixa. Toda nervosa.
— Não vira para trás, Bianca. Escandalosa!"

Ah! Está numa síntese formidável, um pedaço de São Paulo que a elegância vagabunda dos nossos meninos bonitos espia todas as tardes nessa futurosa colméia do chic paulistano que vai ser a rua Barão de Itapetininga.

Apanhado mais perfeito não é possível. Não escapou ao autor o ambiente. Ele é exato. Nem a alma dele. Ela aí está falando e gesticulando com a fala e os gestos da costureirinha.

x

E não é só **Carmela** que nos fala da força criadora de Antonio de Alcântara Machado. Ah! estão ainda outros tipos bizarros, originais. Vejam, **Gaetaninho**: é a pincelada lírico-triste da vida desses garotos que a **Light** amassa impiedosamente nas ruas de S. Paulo.

Gaetaninho é a sombra viva dessa gente humilde que ficou jogada na escuridão da vida. É a imagem desses meninos cujos pais, na fabricação da sua América, não encontram sobras para a compra de macios Isotta-Fraschini. É a alma daqueles que ficam eternamente a espiar o passadismo barato dos carros de praça. E entretanto, quanto anseio nos sonhos desse menino. Quanta aspiração nos desejos desse garoto.

Antonio de Alcântara Machado foi buscá-lo num beco escuro da cidade imensa. E pintou-o genialmente. Genialmente? Sim, senhores, genialmente.

x

    Antonio de Alcântara Machado não estuda apenas numa das suas modalidades a nova sub-raça paulistana. Desvirginou todas as suas modalidades. Em retratos individuais e em grupos. Nos grupos andam todos os novos mestiços nacionais. Nas fotografias isoladas os nacionalistas. Um exemplo típico: O Aristodemo Guggiani, do **Tiro de guerra** n. 35. Capítulo dos melhores, no seu sentido está o material magnífico para um romance. Romance psicológico, com estudo de três tipos — o do ítalo, do teuto-brasileiro e o do mulato, representado formidavelmente pelo sargento instrutor, Aristóteles Camarão de Medeiros.

    O barbeiro Tranquillo Zampinetti, deixando o estudo dos tipos perdidos na multidão, é outro retrato maravilhoso do indivíduo estrangeiro, conquistado pelo meio ambiente. A gente nota a luta que esse italiano trava consigo mesmo para que a terra nova, em que veio viver, não mate nele, o arrebatado sentimento pela Itália distante. Mas é em vão que ele vive a fingir que é apenas italiano. Insensivelmente a sua italianidade vai minguando. Até que um dia, vendo os filhos brasileiros, formados e também amados por todos os indígenas, desaparecidos de vez todos os preconceitos, ele enriquecido, proprietário, que se vai tornando importante, vê com alegria imensa que o primeiro trabalho profissional de Bruno, seu filho bacharel, foi requerer a sua naturalização. Logo a dele, que supusera eternamente vinculado à terra italiana...

x

    É assim o **Brás, Bexiga** e **Barra Funda**, um livro profundo, com aparências de coisa banal. É tão sério mesmo que não será de admirar que seja considerado por Mussolini como nocivo à idéia cacete e impertinente da **italianitá** criada pelo fascismo. Em todas as suas páginas coleia de fato essa verdade única — italiano conquistado pelo brasileiro. Todas as suas personagens começam italianas, mas terminam brasileiras.

    Continuam, é verdade, a trautear, eternamente a **Catari, Catari**, mas qual deles já deixou de se misturar com a multidão em dias de festa nacional? Qual deles deixa de vibrar aos acordes marciais do hino brasileiro?

    É mais ou menos esse amor pelo Brasil, o que se lê nas entrelinhas do livro de Antonio de Alcântara Machado. E que se lê com orgulho, por se sentir a conquista da nossa terra que parece uma mulher fascinante que enleia toda gente.

    Toda gente? Talvez não. Andam por aí muitos italianos de coração duro. Estes evidentemente não entraram nas páginas de **Brás, Bexiga** e

Barra Funda, livro de amor e de simplicidade. Mas fico a jurar que eles aparecerão noutro livro de Antonio de Alcântara Machado.

Esperemos, pois, confiantes, o **Brás, Bexiga e Barra Funda** dos palácios da Avenida Paulista, onde moram os príncipes de **couronne de carton** da nobreza ítalo-paulistana.

BRÁS, BEXIGA E BARRA FUNDA*

João Ribeiro

É realmente um excepcional escritor esse que nos dá, à maneira dos antigos cronistas, um tratado do Brasil, mas do Brasil novo e diferencial, que se processa nas terras paulistas.

Da violenta e caótica cidade escolheu os bairros bilíngües xipófagos do povo gris incerto e indeciso, antes do **ponto**, da queda umbilical do caldeamento.

Na minha tarefa de crítico, no baixo nível que se chama recensão ou o registro da literatura corrente, sem argúcias psicológicas e sem intenção de expor as correntes doutrinárias e estéticas do nosso tempo, sempre me fascinou a ousadia dos homens novos que tentaram e tentam ainda a diferenciação dos nossos métodos de sentir, de pensar e de escrever.

Para mim, a regeneração só se faria a preço da absoluta renúncia dos modelos europeus, no horror à imitação das fórmulas e das escolas ultramarinas, portuguesas outrora e depois francesas, recordando como se esqueceu por muito tempo e criminosamente as fontes legítimas da inspiração nacional.

O livro de Alcântara Machado é um grande exemplo da literatura nova, que entrevejo triunfante, pelo menos na fase atual das nossas letras.

Que fez Alcântara Machado?

Buscou e achou um veio aurífero na sedimentação progressiva e intensa da nacionalidade.

Não quis travar o conhecimento do caboclo ou do sertanejo, nem do índio problemático e absurdo. Não foi e nem era preciso ir longe.

À porta da casa, descobriu o seu tesouro, tão ignorado da gente ignara que passava.

(*) **Jornal do Brasil**, Rio de Janeiro, 4 de maio de 1927. (Reproduzida em João Ribeiro, Os Modernos. In _____ Crítica. Rio de Janeiro, Academia Brasileira de Letras, 1952, p. 314-316)

Vivendo numa cidade moderna, trêmula e estuante de vibrações contínuas de recomposição, descobriu a gente nova que alvorecia, semente de futuros grandes e incertos.

Em São Paulo, que é o seu campo experimental, encontrou a camada nova ainda um pouco eruptiva e violenta que começa, após uma geração, a sedimentar-se . . .

É a camada ítalo-brasileira, que repete na América a conquista romana um pouco civilizada, sem aquela preocupação cloacina do inglês, na injusta frase do seu inimigo James Joyce no admirável **Ulisses**.

O italiano trabalha, acredita no seu mito da cidade eterna, e traz às contas o seu Vesúvio (veja o conto **Amor e sangue**) e por vezes ressuscita a Calábria, civilizada e maquiavélica.

"Parlo assim para facilitar. Non é para ofender. Primo, o doutor pense bem. E poi me dê sua resposta. Domani, dopo domani, na outra semana, quando quiser. Io resto à sua disposição. Ma, pensa bem!"

Essa neopsique sutil é própria da alma italiana de hoje, que distingue e subdistingue todas as coisas.

Dizia-me uma vez Gastão da Cunha que na viação italiana há o **trem expresso**, o **rápido**, o **piu acelerato** e o **aceleratíssimo**, cada vez mais caro e talvez mais lento.

Estive algum tempo na Itália e que saudades tenho! Mas só me impressionou que em matéria de grau havia o **primo**, o **primo distinto** e o **primíssimo**. A unidade italiana tão gloriosa, deve muito a essas intrigas aritméticas, diplomáticas e militares.

O livro de Alcântara Machado dá essa feição nova, tênue, do primeiro quisto, delgado ainda, do ítalo-brasileiro.

Brás, Bexiga e Barra Funda é bem o livro que nos revela esse interessante mundo, transparente e ectoplásmico, que sai da ilusão para a realidade.

No seu "artigo de fundo" vem a cantiga, sinal dos novos tempos:

Italiano grita
Brasileiro fala
Viva o Brasil
E a bandeira da Itália.

A rima está com o fígado ádvena em caminho de adaptação. Que dizer das histórias que compõem o livro? São todas magníficas, o **Gaetaninho** que amassou o bonde. **Carmela**, a namorada fútil e acomodatícia, o **Tiro de Guerra**, ordem do dia paulista; chuva e sol o **Amor e Sangue**, que lembra um episódio dos Malavoglia, a **Sociedade**, página pequena e grande. **Liseta**, de graça infantil, **Corinthians versus Palestra** e um etc. para resumir a enumeração, que seria fastidiosa por negar e omitir o texto, que é de obrigação civil a toda gente ler.

O livro é dedicado aos ítalos-brasileiros que emergiram da onda imigratória para lustre da pátria nova.

E não é um livro apenas para gáudio do leitor comum. Interessa ao historiador, ao etnógrafo, ao lingüista, ao folclorista, que buscam definir os matizes do Brasil novo. E na literatura, pelo documento indireto, é que se conhece com maior fidelidade a civilização interna, para dentro das fachadas, do formigueiro humano.

Brás, Bexiga, Barra Funda marcará uma fase da novelística brasileira.

ALCÂNTARA MACHADO*

Mário de Andrade

A geração mais nova de escritores brasileiros já principia apresentando personalidades livres do vício da tese que enfraqueceu por demais a fornada modernista. Os modernistas foram gente que se adaptou. Todos os da minha geração tivemos que abandonar uma prática tradicionalizada na gente prá nos tornarmos esses boitatás que assombraram mundo por aí. Era fatal: bancamos a assombração. Nos vestimos de teses e em cada livro da gente o vício do manifesto ficou. **Pau-Brasil, Raça, Toda a América, Amar, Verbo Intransitivo**, têm mais o espírito de manifesto que o de liberdade. Depois principiou aparecendo outra fornada beneficiando da nossa trabalheira. Inda é muito cedo prá mocicos assim se apresentarem sem o buçal da nossa tradição. Uns mais, outros menos, a maioria traz na rosa um zinquinho dependurado contando nome e pedigree. Sucede que com muita chuvarada, vento e não sei que mais, quando a roseira se torna grandona e toda florindo, a gente vai ler o nome dela no zinco e não tem nome mais. É rosa. O nome, vento apagou. Acho bobagem isso da gente viver se preocupando porque fulaninho imita Ribeiro Couto ou Manuel Bandeira. É natural que fulaninho busque espeque. Isso não é defeito não. Será se continuar assim quando o tal virar fulanão. Dito isto que estava carecendo sair de mim, entro no assunto. Alguns dessa geração recente já aparecem no entanto bem livres do vício da tese que desgraçou os modernistas. Al-

---
(*) A **Manhã**, 19 de junho de 1927 (Recorte do Arquivo Mário de Andrade, IEB,USP)

cântara Machado é um deles. Faz pouco chuçou a boiada com um **Pathé-Baby** pontudo, impetuosamente original. Agora com **Brás, Bexiga e Barra Funda** inda surpreende mais. Se humaniza, o espírito dele passa de reacionário a contemplativo; caçoa pouco e aceita bem. E cria a obra mais igual, mais completa em si que a ficção brasileira produziu de 1920 para cá. Podia dar data mais longe, mas o que interessa aqui é o depois-da-guerra porém.

Prá mim a mudança decidida da caçoada prá aceitação foi que levou A.M. a criar obra tão universalmente humana como esta de agora. Se a antítese das duas citações iniciais gera epigrama vingarento me parece que só mesmo arara verá no livro a mais pequena picada de malvadez contra o italiano. Não tem malvadeza não. O que se percebe é que A.M. manifesta pelos mamelucos da atualidade paulista essa indiferença tão caracteristicamente humana com que a gente cumpre a ordem divina de nos amarmos uns aos outros.

De posse dessa contemplação afirmei que A.M. produziu obra universalmente humana. Andam falando que o livro é regionalista, e eu enquisilo com certas críticas fáceis. O livro são contos passados em São Paulo, trata dum fenômeno étnico que está se dando também em São Paulo e aproveita o patuá peculiar a certa gente de São Paulo, não tem dúvida. Porém a fonte inspiradora, a força de comoção livro está na luta racial, no contar a fusão étnica fatal proveniente dos fatores que provocam e fatalizam a adaptação, luta e fusão que não se peculiarizam a São Paulo, porém coisa de muitas terras e todas as terras vivas. Quando a gente lê as explorações rastacueras do norte-americano em Paris não se alembra de chamar o livro de regional, porque dessa família de estefanóderis útil até a gente aqui já aproveita: o problema é mais vasto que Paris. Regional é o peculiar, o que não sofre transposição universalizável, penteado de gueicha e cabeleira de parintintin, marrueiro gaúcho e pastorello siciliano. Um livro é regional quando em peculiaridades regionais é que repousa o afeto do artista e a fonte de comoção ou de criação da obra. Assim o **Don Segundo Sombra** de Ricardo Guiraldes, assim **No Galpão** de Darcy Azambuja, obras comoventemente humanas mas não universalmente humanas porém. Só uma ou outra vez rara na dialogação e na simultaneidade que é o processo descritivo de A.M. esvoaça a mancha dum regionalismo defeituoso. Mancha porque certos aspectos e hábitos peculiares a São Paulo ficam dificultando a compreensibilidade imediata da frase e todo esforço de raciocínio prejudica a emoção. Prá compensar ninguém aqui não usou da simultaneidade tão habilmente como este paulistano. E que dicção reta! inda mais pura, mais sadia que a de **Pathé-Baby**. E perdeu em solavanco o que vai ganhando em elasticidade. Se veja por exemplo as 2 últimas cenas do "Armazém Progresso" e o "Monstro de rodas" inteirinho. Também a despedida do Januário é admirável. Aliás todo o conto, talvez o mais perfeito, duma comoção profunda. Conto curioso êsse em que a síntese atinge a fantasia de trazer o desfecho no título...A utilização da maneira genérica de falar dos ítalos-brasileiros é também perfeitíssima. Se sente as pessoas. Já não sucede o mesmo com a dos brasileiros pernósticos. O sargento cearense inda está regularzinho. A carta do administrador de Santa Inácia é pobre. Pode ser realista porém fica muito na rabeira das deformações com que Osvaldo de Andrade trabalhando por exagero a realidade consegue dar a evidência cônica dessa realidade que a memorização sempre enfraquece. Os realistas foram sempre deformadores por exagero, Aluísio de Azevedo, Raul Pompéia, Euclides da Cunha. O artista que representa a naturalidade objetiva fica muito aquém da realidade subjetiva, única que importa em ficção.

A.M. atinge essa realidade subjetiva com uma pontaria sóbria mas certeira. Os tipos dele são totais e encostam de verdade na gente. Um descuido como aquele dos sete anos de Lisetta falarem que "as patas também mexem", nem chega a ser defeito, é descuido e exemplo único. Perigo mais guassú é a propensão prá antítese fácil. A.M. comparado com Victor Hugo e com Castro Alves parece enormidade. Pois está certo. **Brás, Bexiga e Barra Funda** é um milharal de antíteses. Em Lisetta isso alcança valor real com o finzinho mais que gostoso. Porém temos o delito grave daquela frase "Não adiantava nada que o céu estivesse azul porque a alma de Nicolino estava negra". Isso nem como ironia vale mais e sarapanta que a autocrítica sem sono de A.M. derrapasse tanto. De 11 contos, a antítese dá fundamento prá 4, Gaetaninho, Sociedade, Corinthians, vs. Palestra e Nacionalidade. Cuidado! Em todos eles a antítese é fácil. E percebida no começo logo. Menos no Gaetaninho que apesar disso é o de antítese mais fácil, quase desaforada. Gaetaninho é pobre e não pode andar de carro. Um dia morre e...anda de carro. Palavra de honra que isso dava um daqueles poemas parnasianos a Catulle Mendes ou então aquela boniteza do Estudante Alsaciano. Até já estou sentindo os alexandrinos rimados em parelhas, dois graves, dois agudos e "A França está aqui". A gente batia no peito com um entusiasmo, puxa!...Gaetaninho, uma delícia de texto, perde muito com o entrecho.

E agora peço desculpa prá A.M. por insistir numa pergunta que me infernizou quando estudei **Pathé-Baby**. Com **Brás Bexiga e Barra Funda** a criança adquire direitos de personalidade na ficção nacional. Tem um grupo escolar inteirinho no livro. E também é incontestável que A.M. se afirma e progride nestes contos. Ora o fato simples dum moço de vida bem vida baixar os olhos prá piazada quê que demonstra senão aquela realidade de ternura interior que inventou Chama da Saudade, a página mais forte de **Pathé-Baby**? Essa ternura, aliás, longe de ser peguenta e melada, aparece frequente agora. Não na dicção está claro, já falei que não é peguenta, porém na escolha dos assuntos. Inda persevera o preceito com que o autor botava um pingo vermelho na ondulação mançada duma imagem que nem aquele espantoso "A tarde (a bola da criança bate na careca do pastor) cai como uma folha" (**Pathé-Baby** p. 82). O autor não tem coragem da própria sensibilidade. Ou não é bem isso não...A personalidade psicológica de A.M. me parece das mais interessantes. Prá mim se dá nele uma espécie de seqüestro de ternura, porque não lhe convém sentir nem desenvolver ternura. A.M. é indivíduo seguro da vida e de si. Um organizado com vontade. O que no linguajar dos bananas se chama um egoísta. Quer vencer e vencerá mesmo. Homem feito prá vencer. Acho lindo isso embora seja tal o ímpeto vitorioso dele que torna-se até escandaloso. **Brás, Bexiga e Barra Funda** é um livro irritantemente excelente. Não mostra tentativas. Não se percebe trabalho. O que quer dizer que A.M. soluciona os problemas que se dá. Um vitorioso assim. Os livros dele são todos uma espécie de obras-primas porque ele sempre realiza integralmente o que pretendeu. É um exemplo típico de tiro-e-queda. Não divaga nunca na experiência. Possui certeza matemática de resolver as próprias intenções. A gente pode discutir a excelência da intenção porém nunca a solução dela. Por isso que falei serem os livros de A.M. "uma espécie" de obras-primas. Contas que estão certas. E **Brás Bexiga e Barra Funda** é uma conta mais elevada que **Pathé-Baby**.

Nota do ed: Em carta a Prudente de Moraes, neto, datada de 24 de junho, sem indicação do ano, mas que é com certeza de 1927, A. de A.M. refuta alguns pontos da crítica de Mário de Andrade:

....

"Já tinha lido o artigo de Mário. Está bom. Muito bom mesmo.

E como autor que sou acrescentarei: menos nas partes incriminadas.

Com aquele negócio da antítese por exemplo eu não me conformo. Já tivemos a respeito uma discussão. Paulo Prado, Mário e eu. O primeiro e o terceiro contra o segundo. Mário acabou dizendo que Albalat esclarece bem o assunto. Diante disso capitulei. Paulo Prado também.

Se a história de Gaetaninho é antítese tudo é antítese. Você está com pressa de chegar ao seu escritório. Toma o ônibus. O ônibus chega atrasado à cidade. Antítese.

Você tem vontade de tomar um refresco. Toma o refresco lhe faz mal aos intestinos. Antítese.

Sociedade, Corinthians v.s Palestra (este então!) e **Nacionalidade** também são antíteses para Mário.

Não entendo. Ou melhor: entendo mas não concordo.

A frase — "Não ad. nada que o céu est. as. pqe. a alma de nic. est. negra"* — sim. Minha autocrítica pulou (ao contrário do que pensa Mário).

Nota do ed.: — "Não adiantava nada que o céu estivesse azul porque a alma de Nicolino estava negra".

Pulou de raiva. Mas eu conservei a frase. Porque exprime um pensamento de Nicolino. E Nicolino não tem autocrítica moderna. Mário não viu isso.

"As patas também mexem". Antes de mais nada Lisetta não tem sete anos. Eu é que sei a idade dela. E não conto porque idade de mulher é segredo. Depois juro sobre a cabeça do glorioso João R. Barros e sobre as virtudes bandeirantes de dona Margarida que criança de S. Paulo diz pata em vez de pé. Diz uma à outra: Tira a pata daí!

No que Mário acerta é na descoberta da minha ternura. Aí sim. Acerta assombrosamente."

BIBLIOGRAFIA

Edições em livro de **Brás, Bexiga e Barra Funda**

1927 — Edição princeps, 1.ª e única em vida do autor, que deixamos de descrever por apresentá-la em cópia fac-similar.

1944 — 2.ª edição de **Brás, Bexiga e Barra Funda**, juntamente com **Laranja da China**, num só volume, com prefácio de Sérgio Milliet 14 x 20 cm. 204 p.

Capa — Porção superior de cor bege: Antonio de Alcântara Machado / abaixo, em letras maiores, vermelhas: Brás, Bexiga e Barra Funda/sobre fundo cinza ilustração: e Laranja da China/ ilustração sem assinatura de fundo acinzentado, mostrando cena de rua: duas crianças e um adulto, em preto e branco, com contorno vermelho. Faixa bege, porção inferior: em vermelho: Livraria / em preto: Martins / em vermelho: editora / abaixo: São Paulo // Verso da capa: orelha / com dados biobibliográficos do autor: Antonio de Alcântara Machado. Página 1, no centro negrito, caixa-alta: Brás, Bexiga e Barra Funda / Abaixo, em tipos menores inclinados: Laranja da China / Carimbado número: 105 Página 3: Antonio de Alcântara Machado. Traço curto, sob o nome. Abaixo, Brás, Bexiga e Barra Funda / e / Laranja da China / estrelinha / Introdução de Sérgio Milliet / capa de Clóvis Graciano/estrelinha/ Porção inferior da página: Livraria Martins Editora // Páginas 5 a 19 — Prefácio: Antonio de Alcântara Machado / assinado no final: Sérgio Milliet. Página 21: no centro, letras grandes: Brás, Bexiga e / Barra Funda / abaixo, cruzinha / abaixo, em letras menores: Notícias de São Paulo. Página 23/24 — Dedicatória: exatamente igual a 1.ª edição, inclusive na disposição gráfica. Página 25/26 — Epígrafe, no meio da página, em caixa-alta. Página 27/28 — citação de trecho de discurso, no meio da página, em caixa-alta. Páginas 29 a 32 — Artigo de Fundo, caixa-alta e negrito/ Texto na mesma página. Páginas 33 a 102 — Contos, com o título de cada um no alto da página em que se inicia o texto; sempre se faz abertura de página a cada conto, desprezando-se as porções em branco, quando o final do conto não coincide com o final da página. Página 103/104 — Laranja da China / em tipos grandes, negrito, no centro. Página 105, no centro, em negrito: Para / Alcântara Machado Filho

Capa de Clóvis Graciano para a 2.ª edição de **Brás, Bexiga e Barra Funda** e **Laranja da China**, prefaciada por Sérgio Milliet-1944

Página de rosto da 2.ª edição. Exemplar do Acervo Mário de Andrade do **Instituto de Estudos Brasileiros** da Universidade de São Paulo.

// Páginas 107 a 198: contos, com título no alto da página em que o conto se inicia, sendo que sempre se abre página a cada novo conto. Páginas 199/200 — Índice / abaixo: Brás, Bexiga e Barra Funda: seguem-se os títulos dos contos, e em seguida: Laranja da China / segue-se relação dos contos dos dois volumes reunidos em um só. Página 201 — Canto inferior direito, iniciando-se com uma cruzinha: "Este livro foi composto e impresso nas oficinas da Empresa Gráfica da "Revista dos Tribunais" Ltda., à rua Conde de Sarzedas, 38, S. Paulo, para a Livraria Martins Editora, em setembro de 1944. 2.ª capa - parte interna: continuação na orelha do texto iniciado no verso da 1.ª capa. Na capa externa, dentro de um retângulo: "Seguindo-se à publicação de duas significativas obras de Antonio de Alcântara Machado, Brás, Bexiga e Barra Funda e Laranja da China, agora reunidas em volume único, a Livraria Martins Editora anuncia o lançamento de livros de outros autores nacionais: / seguem-se títulos, após pequeno círculo vermelho: Leréias / abaixo contos inéditos de Valdomiro Silveira. / Quarteirão do meio / romance de Amadeu de Queiroz / Briguela / romance paulista de Iago José / Luisinha / páginas de ficção de Vicente de Carvalho / A Lua / contos de Joel Silveira / Frederico Garcia Lorca / estudo de Edgard Cavalheiro / Luz Mediterrânea / poesias de Raul de Leoni / Nosso Tempo / poemas de Carlos Drummond de Andrade / abaixo, círculo pequeno, vermelho, abaixo: Livraria Martins Editora, em caixa-alta e abaixo, em tipos menores: Rua 15 de Novembro, 135 / espaço, traço, espaço / São Paulo.

1961 — 3.ª edição de Brás, Bexiga e Barra Funda, em **Novelas Paulistanas**, 1.ª edição, juntamente com Mana Maria e Contos Avulsos.
13,5 x 21,5 cm. 312 p. e + 1 encarte
Capa — ilustração: bonde com motorneiro, escrito na frente: Brás. Antonio de Alcântara Machado / Novelas Paulistanas / Livraria José Olímpio Editora. 1.ª orelha. O escritor e a crítica — Trechos de João Ribeiro, Múcio Leão, Tristão de Ataíde, Mário de Andrade. 2.ª orelha: Rodrigo Melo Franco de Andrade, Augusto Frederico Schmidt, José Lins do Rego, Sérgio Buarque de Holanda, Assis Chateaubriand. Capa externa: amarela, com "autores brasileiros em edições da / Livraria José Olimpio Editora. Página 1: Novelas Paulistanas. Página 2: Novelas Paulistanas — Prefácio de / Francisco de Assis Barbosa / Capa e ilustrações de / Poty. abaixo: /estrelinha / Livraria José Olímpio Editora S/A. / Guanabara. Avenida Nilo Peçanha, 12, 6.º andar, Rio de Janeiro / Filiais / : São Paulo: Rua Dos Gusmões, 100, São Paulo/ Pernambuco: Rua do Hospício, 175 / Recife / Minas Gerais: Rua São Paulo, 689, Belo Horizonte / Rio Grande do Sul: Rua dos Andrades, 707, Porto Alegre /. Encarte: Fotografia assinada pelo autor: Antonio de Alcântara Machado, 1924. Abaixo, nascimento e morte indicados: + 25/5/1901 + 14/4/1935 / Retrato do escritor paulista com seu autógrafo. Página 3: página de rosto; acima: Antonio de Alcânta-

Capa de Poty para a 1.ª Edição de **Novelas Paulistanas**, 1961, prefaciada por Francisco de Assis Barbosa

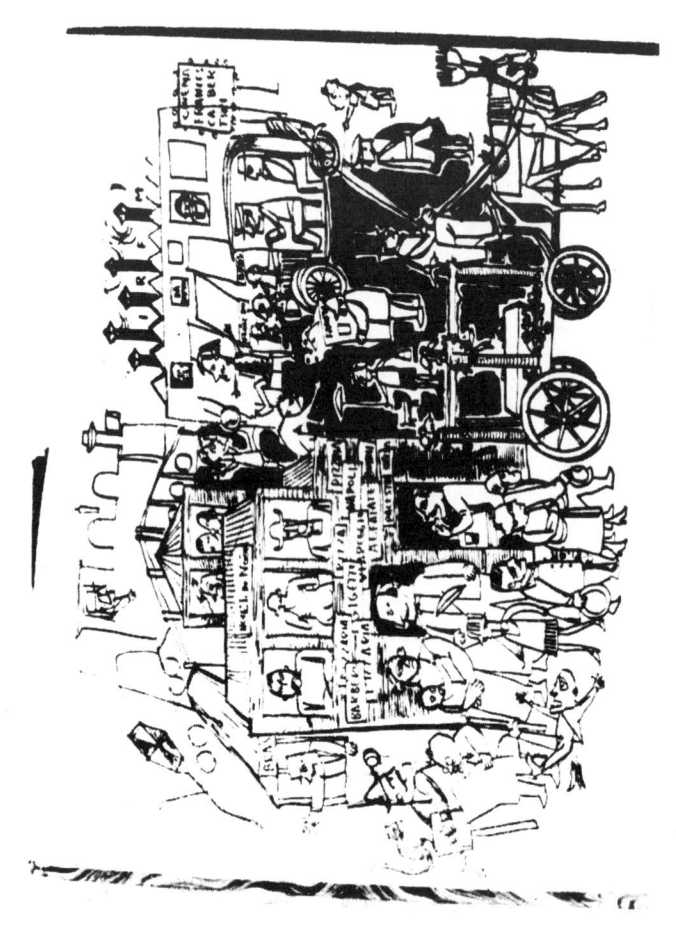

Ilustração de Poty para a 1.ª edição de **Novelas Paulistanas**, 1961, com a seguinte legenda: "Bico de pena de Poty para esta edição dos contos de Antônio de Alcântara Machado" (suprimida a partir da 4.ª edição)

Ilustração no interior de **Novelas Paulistanas**, 1961 (Poty)

ra Machado, em caixa-alta, preto. Tipos grandes, caixa-alta, vermelho: Novelas / Paulistanas / em tipos menores, preto, caixa-alta: Brás, Bexiga e Barra Funda / Laranja da China / Mana Maria / Contos Avulsos. Embaixo: Livraria José Olimpio Editora / Rio de Janeiro / 1961. Página 4: "desta 1.ª edição de **Novelas Paulistanas** foram tirados, fora do comércio, 20 exemplares em papel Westerposter assinados por Brasílio Machado Neto." Segue-se assinatura / "Exemplar em papel Westerposter". Página 5: reprodução da capa, com a legenda: Desenho de capa (Reprodução em tamanho reduzido) feito por Poty. Página 6: Tabuada. Nota da editora / Nota sobre Antonio de Alcântara Machado / I — Brás, Bexiga e Barra Funda: seguem-se os títulos dos contos. II — Laranja da China: seguem-se os títulos dos contos. III → Mana Maria. IV — Contos Avulsos. Página 7: texto da nota da editora. Página 10, 11, 12 — continuação da nota sem assinatura. Páginas (8) e (9), desenho tomando duas páginas com a legenda: "Bico de pena de Poty para esta edição de contos de Antonio de Alcântara Machado". Página 13/49: Nota sobre / Antonio de Alcântara Machado: texto com recuo na margem direita. Assinado: Francisco de Assis Barbosa. Datado de Rio de Janeiro (Leblon) setembro de 1957. Seguem-se iniciais: F. de A. B. Página 50: em tipos grandes, inclinados: Novelas Paulistanas. Página 51: Brás, Bexiga e Barra Funda, ilustrado com figura de homem lendo a Fanfulla. Página 52: "Fac-símile da página de rosto da 1.ª edição de Brás, Bexiga e Barra Funda / contos / 1.ª edição (feita pelo autor) Brás, Bexiga e Barra Funda, São Paulo, 1927 / 2.ª edição. Publicado juntamente com outro livro do autor sob o título: Brás, Bexiga e Barra Funda e Laranja da China. Introdução de Sérgio Milliet. Livraria Martins Editora, São Paulo, 1944". Página 59 a 108 — seguem-se contos, sem abertura de páginas no início do texto. Página 109 — ilustração: carro com um adulto e um menino segurando uma bandeirinha na qual vem o título: Laranja da China (1928) / Segue-se dedicatória dos contos: para Alcântara Machado Filho. Página 110: Fac-símile da página de rosto da edição original. Repete observações sobre a 2.ª edição. Seguem-se contos, sem abertura de página, até a página 178. Página 179: Mana Maria, ilustrado com um esboço de mulher. Página 180: Fac-símile da capa da edição original: desenho de Santa Rosa / Abaixo: 1.ª edição / Mana Maria (Romance Inacabado e Vários Contos). Obra póstuma, Livraria José Olímpio Editora, Rio de Janeiro, 1936/ 2.ª edição in Novelas Paulistanas. Texto com número indicando à direita o capítulo, sem abertura de página de 1 a 11, até a página 255. Página 256: branca. Página 257: contos avulsos, com ilustração. Página 258: Nota. / Os "Contos Avulsos" já foram publicados no livro **Mana Maria** / Livraria José Olímpio Editora / Rio de Janeiro 1936. Seguem-se os contos até a página 311, sem abertura de página no início do texto. Página 312: / estrelinha / Este livro foi confeccionado nas oficinas da Empresa Gráfica da "Revista dos Tribunais" à Rua Conde de Sarzedas, 38, São Paulo, /

para a Livraria José Olímpio Editora / Rio de Janeiro / concluindo-se a impressão / em fevereiro de 1961.

1971 — 4.ª edição de **Brás, Bexiga e Barra Funda** e **Laranja da China**, In **Novelas Paulistanas** — 2.ª edição — (Coleção Sagarana) 12,5 x 18 cm XLIX + (1) + 206 p. Capa amarela. Antonio de Alcântara Machado — desenho de um bonde; Brás, na frente. Abaixo, à esquerda: Novelas paulistanas, com círculo branco; à esquerda, 2.ª edição, no canto direito: coleção Sagarana (preto), com cordão preto, abaixo em branco — Livraria José Olímpio Editora. 1.ª orelha — propaganda de Proezas do Menino Jesus, de Luis Jardim. p. I, no meio: Novelas Paulistanas. p. II - III - IV lista "Grandes sucessos populares e literários" (logotipo da coleção Sagarana). Em seguida: "Uma série variada, de feição gráfica moderna e formato cômodo, reunindo livros escolhidos da literatura brasileira e estrangeira (precedidos de notas Biobibliográficas e estudos críticos) — Livros de todos os gêneros. Uma coleção organizada para / distrair e instruir" / Volumes publicados / de 1 a 85. p. VI no alto, à esquerda: / logotipo coleção / Abaixo: volume 84, 3 bolinhas pretas. Em coluna, à direita, de cima para baixo: Novelas Paulistanas, / espaço / de / Antonio de / Alcântara Machado / bolinha preta / introdução / de / Francisco de Assis Barbosa, / em caixa-alta / bolinha preta / nota da editora / (dados biobibliográficos / de Antonio de Alcântara Machado) / bolinha preta / opiniões da / crítica brasileira / sobre Antonio de Alcântara Machado / bolinha preta / capa e ilustrações / de Poty / bolinha / 2.ª edição / 1971. À esquerda, em coluna: Rio / rua / marquês / de / olinda / n.º 12 / (botafogo) / logotipo da ed. José Olímpio / . p. VII página de rosto: acima: Antonio de Alcântara Machado / mais abaixo até o meio: / Novelas Paulistanas, caixa-alta, grande, negrito. Em tipo menor: Brás, Bexiga e Barra Funda / Laranja da China / Mana Maria / Contos Avulsos / Do meio para baixo: / 2.ª edição /, abaixo: Livraria José Olimpio Editora, em negrito, / rio de janeiro; à direita 4 desenhos em coluna com ilustrações alusivas a cada parte. p. VIII, no meio: "Nota da Editora: Respeitamos a grafia do nome próprio de António de Alcântara Machado — ele adotava a maneira portuguesa, ou seja, o acento agudo — conforme se verifica no autógrafo do saudoso escritor e nos fac-símiles das edições príncepes de seus livros estampados nesta edição". Abaixo, / logotipo da editora / endereços do Rio, São Paulo, Belo Horizonte, Recife, Porto Alegre, Brasília, Curitiba, Salvador. p. IX sumário p. X Bibliografia / De & Cia. sobre / Antonio de Alcântara Machado. p. XIII-XIV: cronologia. p. XV: / logotipo da editora / Nota da editora / Dados biobibliográficos do autor / Sem assinatura, datado: Rio de Janeiro, outubro de 1970 / p. 19: Nota sobre / Antonio de Alcântara Machado / Francisco de Assis Barbosa / até p. XLIV, com desenho de Poty intercalado p. XXIV-XXV, datado: Rio de Janeiro (Leblon), setembro de 1957. Assinado à mão: Francisco de Assis Barbosa.

Capa da 2.ª edição de **Novelas Paulistanas** (Coleção Sagarana), 1971.

p. XLV: Algumas opiniões da crítica brasileira sobre / Antonio de Alcântara Machado. / João Ribeiro / Alceu Amoroso Lima. p. XLVI: Afrânio Peixoto, Agrippino Griecco / Mário de Andrade. p. XLVII: Rodrigo M.F. de Andrade / Sérgio Buarque de Holanda. p. XLVIII: José Lins do Rego / Álvaro Lins. p. XLIX: Assis Chateaubriand. p. (L) retrato com legenda: "Retrato do escritor paulista, com seu autógrafo". p. 1: reprodução da capa da 1.ª edição de Novelas Paulistanas, de Poty, com a legenda: 2.ª edição, colocada por engano, em vez de 1.ª edição. A partir daí reproduz exatamente a outra edição de Novelas Paulistanas até o fim com os mesmos desenhos de abertura.

1973   5.ª edição de **Brás, Bexiga e Barra Funda** e **Laranja da China** In Novelas Paulistanas, 3.ª edição. (Coleção Sagarana)
12,5 x 18 cm.   XLIX + (1) + 206 p.
Capa branca, com ilustração baseada na ilustração interna para Contos Avulsos e na capa da 2.ª edição. Exatamente igual à 2.ª edição (Coleção Sagarana), de 1971, descrita no item anterior.

1976   6.ª edição de **Brás, Bexiga e Barra Funda** e **Laranja da China** In Novelas Paulistanas, 4.ª edição (Coleção Sagarana)
12,5 x 18 cm.   XXXVI + 204 p.
Capa branca, igual à da 3.ª edição de **Novelas Paulistanas** (Coleção Sagarana) 1973. A partir desta edição, apesar da aparência semelhante, verificam-se as seguintes alterações: supressão das orelhas, aparecendo impressas diretamente no verso das capas, algumas das críticas que nas edições anteriores ocupavam as páginas XLV a XLIX: João Ribeiro, Alceu Amoroso Lima, Mário de Adrade (sic), Álvaro Lins. Logo foram suprimidas as críticas de: Afrânio Peixoto, Agrippino Griecco, Rodrigo M. F. de Andrade, Sérgio Buarque de Holanda, José Lins do Rego e Assis Chateaubriand. A fotografia do autor que vinha na página (I) foi deslocada para a página (II). Também misteriosamente desapareceu a cronologia que nas edições anteriores de **Novelas Paulistanas**, na mesma Coleção Sagarana, vinha nas páginas XIII e XIV. Houve, portanto, uma redução de 50 para 37 páginas introdutórias, tendo sido suprimido ainda o desenho de Poty que vinha nas páginas XXIV e XXV.

1961 — Antologia. Trechos escolhidos — Nossos Clássicos / Antonio de Alcântara Machado/ trechos escolhidos/ Agir/ 1.ª edição
16,5 cm. x 11,5 cm.   99 + (4) páginas

P. (1) Antonio de Alcântara Machado/ Trechos escolhidos. P. (2): Desenho com a legenda: Antonio de Alcântara Machado. P. (3), acima: Nossos Clássicos / Publicados sob a direção de / Alceu Amoroso Lima — Roberto Alvim Corrêa / Jorge de Sena // traço,/57/ no meio, tipos grandes: Antonio de Alcântara/Machado / Trechos escolhidos/por / Francisco de Assis Barbosa/ estrela/ Abaixo: /1961/ Livraria Agir Editora / Rio de Janei-

Capa de Poty para a 3.ª edição de **Novelas Paulistanas** (Coleção Sagarana)

ro//. P. (4) Dados Biográficos. P. (5) Apresentação — até p. 15. P. 17, no meio: /Antologia/ P. 18, acima: Contos, traço duplo horizontal/ 1 / Gaetaninho / até p. 21. P. 22:/2/ Lisetta / até p. 25, na qual começa / 3 / O Revoltado Robespierre /até p. 28. P. 29: /4/ A apaixonada Helena até p. 33, na qual começa /5/ O aventureiro Ulisses /até p. 37. P. 38:/6/ Apólogo brasileiro sem véu de alegoria / até p. 43. P. 44 a 47: /Romance / Mana Maria // P. 48 a 59:/ Notas de Viagem // P. 60 a 83: Jornalismo / P. 84 a 91: / Estudos Anchietanos / P. 92: / Bibliografia do Autor/ P. 93-94: Bibliografia sobre o autor/ P. 95 a 99: Julgamento crítico / P. 100: Questionário. / P. (101): Índice.

Edições de contos avulsos

Publicados antes da edição em livro **(Brás, Bexiga e Barra Funda)**
Gaetaninho — **Jornal do Comércio**, São Paulo, Só aos domingos, 5 de janeiro de 1925, ilustração de Ferrignac.
Carmela — **Jornal do Comércio**, São Paulo, Só aos domingos, 1 de março de 1925. (De um possível livro de contos: ÍTALO-PAULISTAS) ilustração de Ferrignac.
Lisetta — **Jornal do Comércio**, São Paulo, Só aos domingos, 8 de março de 1925. (Para um possível livro de contos: ÍTALO-PAULISTAS)

Divulgação após a edição em livro (Brás, Bexiga e Barra Funda)

Gaetaninho — O Cruzeiro, 2 de abril de 1938, Ilustrações.
Carmela (ilustração de Noêmia) e Gaetaninho. Dois contos de Antonio de Alcântara Machado. Páginas que ficam. **Planalto**, São Paulo, n.º 8, p. 11, 1 de setembro de 1941 (Ilustração reproduzida no Suplemento Letras e Artes, **A Manhã**).
Gaetaninho — As obras primas do conto. **Vamos ler!** Rio de Janeiro, 30 de outubro de 1941, p. 10. Ilustração de J. Ribeiro.
Gaetaninho — Letras e Artes, Suplemento n.º 10, v. LV, **A Manhã**, 16 de maio de 1943, p. 245.
Carmela — (Um dos contos mais famosos de Antonio de Alcântara Machado) Letras e Artes. Suplemento n.º 10, v. LV, 16 de maio de 1943. Ilustração de Noêmia.
Lisetta. Cordeiro de Andrade escolheu. **Vamos ler!** Rio de Janeiro, 4 de novembro de 1943, p. 9. Ilustração de Moura.
Gaetaninho. Antonio de Alcântara Machado, um revolucionário de nossas letras. Maria de Lurdes Teixeira. **Folha da Manhã**, São Paulo, 17 de abril de 1955. Fotografia do autor e Ilustração de Ítalo Cenccini.
Gaetaninho. **Obras primas do conto brasileiro**. Seleção, introdução e notas de Almir Rolmes Barbosa e Edgard Cavalheiro. São Paulo, Martins, 1957, p. 63/65.

Reprodução do conto Lisetta, com ilustrações de Moura. **Vamos ler!**, Rio de Janeiro, 4 de Novembro de 1943. (Col. de Plinio Doyle)

Ilustração para o conto Amor e Sangue. **Minas Gerais,** Suplemento Literário. 30 de outubro de 1971.

Reprodução do conto Carmela, com ilustração de Noemia, aparecido juntamente com Gaetaninho em **Planalto**, n.° 8, p.11. S. Paulo. Posteriormente o conto com a mesma ilustração apareceu no suplemento Letras e Artes de **A Manhã**, 16 de maio de 1943 — número dedicado a Antonio de Alcântara Machado.

Corinthians (2) vs. Palestra (1). Ficção nacional. O conto moderno brasileiro. Assis Brasil, **Jornal do Brasil**, Rio de Janeiro, 13 de outubro de 1957.
Gaetaninho. Conto de Antonio de Alcântara Machado. **Imprensa Popular**, Rio de Janeiro, 27 de abril de 1958.
A sociedade. **Presença da Literatura Brasileira**. Dif. Européia do Livro. S. Paulo, 1964, v. III — Modernismo, p. 143.
Amor e sangue. **O Minas Gerais**. Suplemento Literário. Belo Horizonte, 30 de outubro de 1971. Ilustrado.
Gaetaninho. Trad. ao italiano, por Edoardo Bizzarri. (1958-?)
Gaetaninho. Conto de Antonio de Alcântara Machado. O Globo, Rio de Janeiro, 27 de abril de 1979. (Jornal da Família). Ilustração de Guidacci.

Bibliografia sobre a obra de Antonio de Alcântara Machado. Ordem cronológica.

De caráter geral

HOLANDA, Sérgio Buarque de — **Realidade e poesia**. Sobre Antonio de Alcântara Machado. **O Espelho**, Rio de Janeiro, agosto de 1935 (Reproduzido no volume **Em memória**).

DIVERSOS AUTORES — Em memória de Antonio de Alcântara Machado. São Paulo, ed. Pocai, 1936.

MURICY, J. Cândido de Andrade — Antonio de Alcântara Machado. In _____ **A nova literatura brasileira**, Porto Alegre, Globo, 1936 p. 223-231.

LINS, Álvaro — Um documento do Modernismo — **Jornal de Crítica**, 1.ª série, Rio de Janeiro, J. Olímpio, 1941, p. 188-196.

CAVALHEIRO, Edgard — Antonio de Alcântara Machado. **Planalto** n.º 7, São Paulo, 15 de agosto de 1941.

LEÃO, Múcio — Autores e Livros. Suplemento n.º 10, v. LV, **A Manhã**, Rio de Janeiro, 16 de maio de 1943 (número dedicado a A. de A. Machado).

MILLIET, Sergio — Antonio de Alcântara Machado. Prefácio à edição Martins, São Paulo, 1944 (reúne **Brás, Bexiga e Barra Funda e Laranja da China**).

RIEDEL, Dirce Cortes - 3. Alcântara Machado. In ——— II Experimentalismo. In A. Coutinho ed. **A literatura no Brasil**. v.s. Modernismo. Rio de Janeiro, ed. Sul Americana S.A., 1970, 2.ª ed., p. 269.

REGO, José Lins do — Antonio de Alcântara Machado. In _____ **Gordos e Magros**, Rio de Janeiro, Casa do Estudante do Brasil, 1944, p. 54-56.

GRIECCO, Agripino — Biógrafos, etc. In _____ **Gente nova do Brasil**, Rio de Janeiro, José Olímpio, 1948.

SALDANHA COELHO, José — Antonio de Alcântara Machado. In _____ ed. **Revista Branca**. Modernismo. Rio de Janeiro, 1954.

LEÃO, Múcio — Antonio de Alcântara Machado. **O Tempo**, São Paulo, 17 de abril de 1935.

MILLIET, Sérgio — Antonio de Alcântara Machado e a revolução de 22. **Tribuna da Imprensa**, Rio de Janeiro, 15 de abril de 1955.

CAVALHEIRO, Edgard — O paulista Antonio de Alcântara Machado. Tribuna de Letras. **Tribuna da Imprensa**. Rio de Janeiro, 16 de abril de 1955.

PACHECO, João — Antonio de Alcântara Machado. In _____ **Pedras várias**, São Paulo, Conselho Estadual de Cultura — Comissão de Literatura. 1959.

BARBOSA, Francisco de Assis — Nacionalismo e Literatura. In _____ **Achados do Vento**, MEC — INL, Biblioteca de Divulgação Cultural Série A, v. XV, Rio de Janeiro, 1959, p. 13-52.

BARBOSA, Francisco de Assis — Nota sobre Antonio de Alcântara Machado. Cronologia — Introdução a Novelas Paulistanas, Rio de Janeiro, José Olímpio, 1961, 1.ª edição. (datado de 1957. Reproduzido nas sucessivas edições de **Novelas Paulistanas**).

BARBOSA, Francisco de Assis — dados biograficos e apresentação **Antonio de Alcântara Machado. Trechos escolhidos**. Nossos clássicos, Rio de Janeiro, Agir. 1961.

CASTELLO, J. Aderaldo e Antonio Cândido — **Presença da Literatura Brasileira**. Modernismo, v. 3. Difusão Européia do Livro, São Paulo, 1964, p. 135-149.

ALZER, Célio — Antonio de Alcântara Machado. Ilustre e desconhecido. **Jornal do Brasil**, Caderno B, Rio de Janeiro, 17 de maio de 1969.

MACHADO, Luis Toledo — **Antonio de Alcântara Machado e o Modernismo**. Rio de Janeiro, José Olímpio, 1970.

BRITO, Mário da Silva — Alcântara Machado. In _____ A revolução modernista. A. Coutinho ed. **A literatura no Brasil**. Modernismo, v. 5, Rio de Janeiro, ed. Sul América, 2.ª ed., 1970.

ATAÍDE, Vicente — A ficção de Antonio de Alcântara Machado. **Minas Gerais**, 30 de outubro de 1971 (Suplemento Literário).

BOSI, Alfredo — O prosador do modernismo paulista: Alcântara Machado. In **História Concisa da Literatura Brasileira**, 1974, 2.ª edição, p. 420-422.

Sobre aspectos específicos

DONATO, Mário — Gaetaninho não morreu. **Para Todos** n.º 18, fevereiro de 1957.

GUIMARAENS FILHO, Alphonsus — Relendo Antonio de Alcântara Machado. **Correio Brasiliense**, Brasília, 11 de outubro de 1969.

OLIVEIRA, Franklin de — O bloqueio. **Correio Mercantil**, Rio de Janeiro, 8 de maio de 1971.

Sobre Brás, Bexiga e Barra Funda

STIUNIRIO GAMA (pseudônimo de Mário Guastini). Às Segundas. **Jornal do Comércio**, São Paulo, 14 de março de 1927.

ANDRADE, Rodrigo de M. Franco — Antonio de Alcântara Machado. Brás, Bexiga e Barra Funda. Ed. Helios, São Paulo, 1927. **O Jornal**, 3 de abril de 1927 (Acervo Mário de Andrade, Instituto de Estudos Brasileiros — USP).

DAMI, Martin — Brás, Bexiga e Barra Funda de Antonio de Alcântara Machado. **Jornal do Comércio**, de abril de 1927 (Acervo Mário de Andrade — Instituto de Estudos Brasileiros da USP).

RIBEIRO, João — **Brás, Bexiga e Barra Funda**. Jornal do Brasil, 4 de maio de 1927. Republicado em: _____ **Os Modernos**. Crítica. Rio de Janeiro, Academia Brasileira de Letras, 1952. p. 314-317.

ANDRADE, Mário de — Alcântara Machado. **A Manhã**, 19 de junho de 1927 (Recorte do Acervo do Instituto de Estudos Brasileiros — USP).

BARROS, Antonio Carlos Couto de — A propósito de Brás, Bexiga e Barra Funda. **Verde**, Cataguases, outubro de 1927, n.º 2, p. 12-13.

LOPES, Ascanio — Para Couto de Barros. **Verde**, Cataguases, Novembro de 1927, n.º 3, p. 19.

FUSCO, Rosário — Pro Antonio de Alcântara Machado. **Verde**, Novembro de 1927, n.º 3, p. 8.

ATHAYDE, Tristão de — Romancistas ao sul. Vida Literária. **O Jornal**, 9 de outubro de 1927. (Acervo Mário de Andrade, IEB — USP).

FARIA, Maria Alice — Antonio de Alcântara Machado e o imigrante I. **O Estado de São Paulo**, 5 de novembro de 1966 (Suplemento Literário n.º 502).

FARIA, Maria Alice — Antonio de Alcântara Machado e o imigrante II. **O Estado de São Paulo**, 12 de novembro de 1966 (Suplemento Literário n.º 503).

FARIA, Maria Alice — Brás, Bexiga e Barra Funda, uma anti-homenagem. **Correio do Povo**. Porto Alegre, 17 de fevereiro de 1973. (Caderno de Sábado).

Este livro BRÁS, BEXIGA E BARRA FUNDA de António de Alcântara Machado é o volume 2 da Edição Fac-Similada da Obra de António de Alcântara Machado. Capa Cláudio Martins. Impresso na Editora Gráfica Líthera Maciel Ltda, a Rua Simão Antônio, 157, Contagem, para Livraria Garnier, a Rua São Geraldo, 53 - Belo Horizonte - MG. No Catálogo geral leva o número 3125/5B. ISBN 85-7175-076-9.

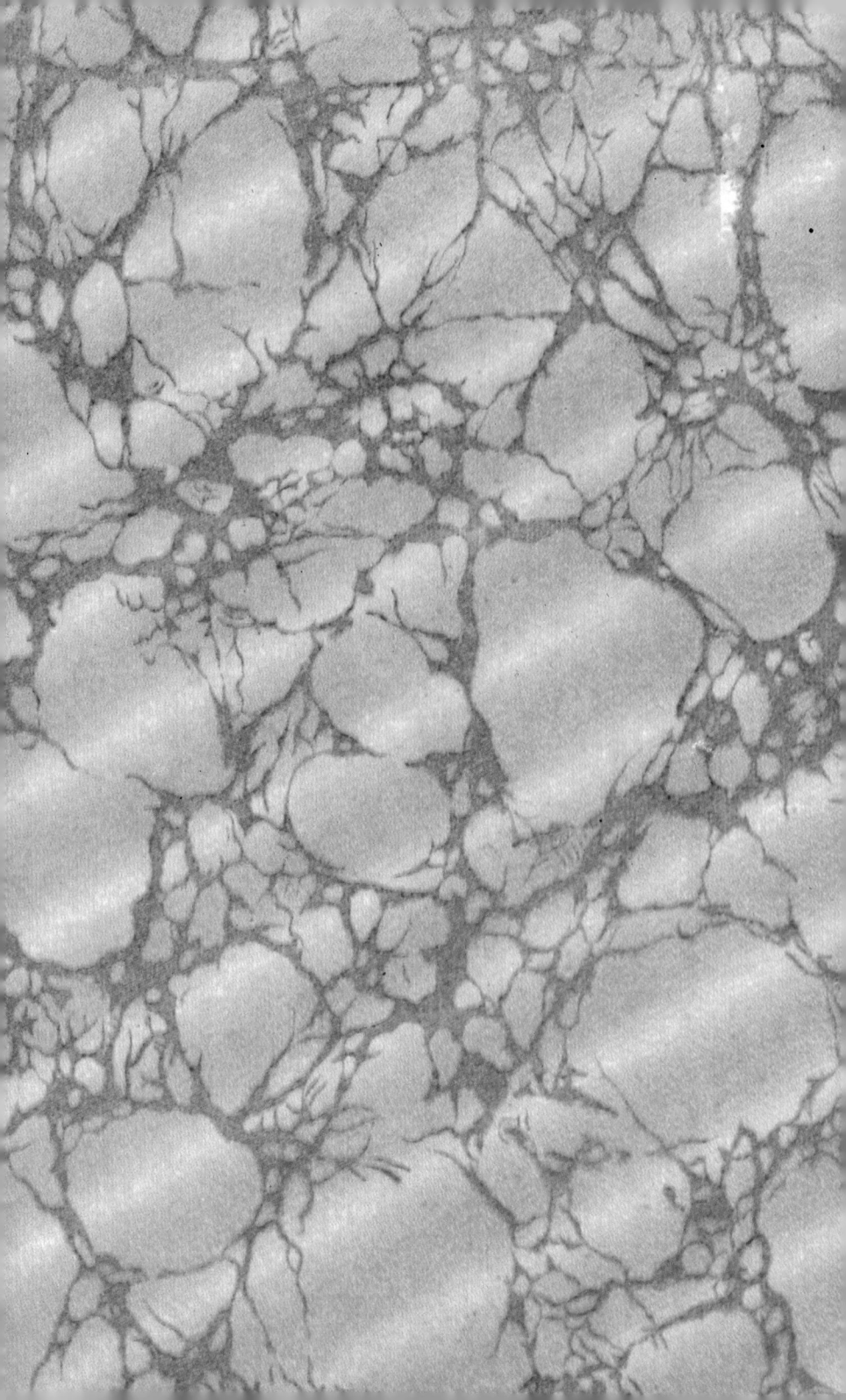